Dorothea Iser · Neuzugang

NEUES LEBEN

Dorothea Iser

Neuzugang

Verlag Neues Leben
Berlin

Illustrationen von Renate Schirrow

ISBN 3-355-00438-3

2. Auflage, 1987
Lizenz Nr. 303 (305/238/87)
LSV 7501
Einband: Renate Schirrow
Typografie: Katrin Kampa
Schrift: 10 p Garamond
Gesamtherstellung: Karl-Marx-Werk Pößneck V 15/30
Bestell-Nr. 643 828 6
00570

1.

Jutta Timmendorf hatte eine Neue vom Büro abzuholen. Sie sprach ruhig über die künftige Arbeit in einer Zwiebackfabrik und erzählte auch von den anderen Mädchen der Gruppe. Was waren schon Gitter vor den Fenstern. Wer ein paar Wochen hier war, dem fielen sie überhaupt nicht mehr auf.

„Es wird manches anders sein, als Sie denken", sagte Jutta Timmendorf zu Wietha, die schweigend neben ihr über den Parkweg ging. Die erste, die ihr ganz anvertraut wurde. Sie sollte sich nicht fürchten. Deshalb zählte Jutta Timmendorf auf, wie schön es hier sein konnte. Sie redete von Kino und Ausgang und Taschengeld. „Wenn die Bäume erst blühen, dann sitzen wir unter der Robinie, manchmal grillen wir auch." Damit kommst du ihr nun, dachte sie. Du könntest deine Aufzählung auch mit: du mußt, du sollst, du darfst beginnen.

Wietha setzte den Koffer ab, um ihn unter den anderen Arm zu klemmen. Sie war zierlich und blaß. Unvorstellbar, daß sie schon zwei Jahre mit einem Mann zusammen gelebt hatte. Die paßte eher in eine achte Klasse, vielleicht auf der letzten Bank sitzend, sich wegträumend in ihre Welt. Jutta Timmendorf erinnerte sich solcher Träume in langweiligen Stunden. Man verwandelt das Klassenzimmer in eine Grotte und wartet auf den Erlöser.

„Und rauchen? Ich kann's mir sowieso nicht abgewöhnen." Das waren Wiethas erste Worte.

Im Erzieherzimmer der Gruppe, das Kammer genannt wurde, weil früher die Regale mit Wäsche vollgestopft waren, füllte Jutta Karteikarten aus. In der Kammer war es dunkel, und es roch nach Kernseife. Während Jutta eine freie Wäschenummer heraussuchte und nach der Schuhgröße fragte, sagte Wietha: „Hoffentlich findet er mich hier."

Wietha preßte die Lippen fest aufeinander und richtete sich auf. Sie knabberte an den Nägeln, nahm dann erschrokken die Hand zurück.

„Dich hat niemand verschleppt, Wietha." Das vertraute Du korrigierte Jutta im nächsten Satz. „Schon morgen werden Ihre Eltern wissen, wo Sie sind." Sie fühlte Wiethas Mißtrauen, ob sie „du" oder „Sie" sagte. Schlimmer, es wäre anders. Auch das gibt es schon am ersten Tag: Ich verspreche, was Sie wollen, Ehrenwort. „Wenn ich etwas vergessen habe zu erklären, fragen Sie mich, dafür bin ich ja da." Und nicht nur dafür, dachte sie. Noch waren andere Dinge wichtig, zum Beispiel das Ausfüllen der Kleiderkarte. Na gut, Ordnung mußte sein, also Eintragen aller mitgebrachten Sachen.

„Meine Sachen?" Wietha war erschrocken und sah auf den Koffer, den sie mit der Fußspitze bis an die Wand gerückt hatte.

Jutta dachte, sie schämt sich, wahrscheinlich ist schmutzige Wäsche dabei. Sie wollte es Wietha leicht machen, deshalb sagte sie: „Sie brauchen mir nur immer die Anzahl zu nennen. Wieviel Blusen, wieviel Pullis, wieviel Röcke, Hemden, BHs, Slips und Strümpfe."

Wietha reagierte nicht.

Mach kein Problem daraus, dachte Jutta. Weigerung, Verweigerung, Bestrafung. In der Sprache des Pädagogiklehrers: Sanktion. Die Kollegin Mariechen nannte so etwas einen Ballon aufblasen. Mariechen müßte das Fach „Praxis" am Institut lehren, aber dann würde sie dem Werkhof fehlen, denn ohne sie lief nichts, selbst das, was mit ihrem Gewerkschaftsposten nichts zu tun hatte. Stell dir das vor, Jutta, würde sie sagen, so ein Mädchen, vielleicht war sie gerade beim Freund, wird weggerissen von ihm, freiwillig wird sie nicht gehen, sie kann nur an ihn denken, ob du es

37
85

gut meinst oder nicht. Verdammt noch mal, ich verstehe ja, dachte Jutta. Vielleicht ist es schlimm oder, was schlimmer ist, inkonsequent, denn es gibt eine Kollegin Mentorin, die heißt Karin Hallamat, ist Gruppenerzieherin in deiner Gruppe, und die nennt inkonsequent, wie du dich verhältst. Das willst du nicht, aber du fühlst, daß du diese Wietha nicht herausfordern kannst. Karin würde sagen, wir haben fünfundzwanzig Mädchen in der Gruppe, da muß man durchgreifen. Du nennst das bürokratisch. Deshalb sagst du zu Wietha: „Lassen wir den Koffer hier, bis Sie ihn holen wollen. Schreibe ich nur auf, was Sie tragen." Jutta begann mit dem Ausfüllen der Kleiderkarte: Parka, einen, Pullover, langärmlig, einen . . .

Wietha saß starr auf dem Stuhl und sah aus dem Fenster. Sie dachte an den Tag, an dem sie bei ihrer Mutter angekommen war.

Wietha ist das kleine Mädchen, das sich freut. Endlich darf sie zur Mutter fahren, von der die Oma zum Opa sagte, da kommt sie wieder, die Bunte mit ihrem Mann, wenn sie Wietha im Siedlungshaus besuchte und Wietha ihnen entgegenlief. Der Vater warf seine kleine Tochter vor Freude in die Luft. In seinem Arm schaukelte sie wie in Großvaters Kahn. Die Mutter duftete. Wenn sie weinte, verliefen ihre Farben im Gesicht. „Bald nehmen wir dich mit, mein Kleines", sagte sie.

Das Kleine wartete viele Jahre. Die Mutter schrieb nur noch: Vater hat uns verlassen, aber wir haben ein Baby. Es heißt David. Komm!

Während die Großmutter sagt: „Du kannst immer zurückkommen", probiert sie in Gedanken schon das Wort „Mutter", und als sie es zur Mutter sagt, die sie vom Bahnhof abholt, beugt die sich zu ihr hinunter, flüstert: „Sag doch Traudel zu mir, Kleines, wir tun, als wären wir Schwestern. Unser Geheimnis ist das. Ich bin nicht allein gekommen. Auf dem Parkplatz wartet Peter."

Das Kind stottert die Begrüßung und wünscht sich, endlich mit der Mutter allein zu sein. Die Fahrt im Auto scheint endlos. Dann folgt das Kind der Mutter durch ein dunkles Treppenhaus.

„Das wird bald abgerissen", sagt die Mutter. „Dann bekommen wir eine schöne neue Wohnung."

Vor einer Tür mit dickem Rubbelglas bleiben sie stehen. Die Mutter schließt auf und schiebt Wietha in einen langen Korridor. Sie muß sich an das matte Licht gewöhnen – und dann die Geräusche. Es brummt und quietscht und rauscht. Die Mutter nimmt sie endlich an die Hand und erklärt: der Kühlschrank, die Wasserleitung, die Toiletten.

„Das Baby", erinnert das Kind, und die Mutter führt sie zu David, der friedlich in seinem Körbchen schläft. Die Mutter streichelt das Gesicht ihrer Großen. „Es wird nicht leicht sein mit ihm", sagt sie. „Manchmal weint er den ganzen Tag."

„Er hat gelacht", flüstert das Kind, „richtig gelacht. Mutti, kann er schon träumen?"

„Wirst du ihn liebhaben?" Die Mutter drückt ihr Kind und zieht es dann vom Körbchen fort. „Hier wirst du schlafen", sagt sie und öffnet die Tür zu einem winzigen Zimmer, in dem das Fenster fehlt. „Und hier packst du deine Sachen rein."

„Ist das die Speisekammer? Oma hat gesagt, bei dir muß ich in die Speisekammer ziehen."

„Ach was, Oma denkt, ich habe dich nicht lieb."

„Oma sagt, du brauchst ein Dienstmädchen. Was ist denn das, Mutti, warum sagst du nichts?"

„Vergiß, was Oma gesagt hat . . ."

„Aber Oma hat gesagt . . ."

„Sei still, hörst du, du sollst still sein." Die Mutter zieht mit spitzen Fingern Wiethas Wäsche aus dem Koffer. Sie hält sich die Nase zu und stöhnt. „Oma mit ihren Mottenkugeln. Sie soll sich selbst einmotten lassen." Die Mutter reißt das Küchenfenster auf. Sie zupft ein Stück nach dem anderen aus dem Koffer heraus. Sie lacht und hopst zwischen der verstreuten Wäsche herum. „Mein Kleines trägt Omawäsche." Nun hört sich das Lachen wie Weinen an. Die Mutter klappt die Ofentür herunter und steckt ins Feuer, was sie in die Hände bekommt. Alles, was das Kind besitzt, verbrennt. Die Augen tränen. Die Mutter will Wietha fortziehen.

Jutta Timmendorf stand auf und kam hinter dem Schreibtisch hervor. Sie wollte den Koffer ins Regal schieben. Wietha war schneller. Sie griff zu und umklammerte ihn. Sie hörte nicht, was Jutta sagte. Sie riß ihn selbst auf, kippte ihn aus. „Sind Sie nun zufrieden", schrie sie.

Jutta erschrak. Um das zu verbergen, beugte sie sich über die Sachen und fischte etwas Rotes heraus. „Ist doch eine hübsche Bluse", sagte sie erleichtert. Wietha schlug sie ihr aus den Händen und zerriß sie. Dann stand sie erschrocken da, sah von einem Fetzen zum anderen. Jutta drehte sich schnell um.

2.

Jutta wirkte verkrampft. Karin Hallamat gab ihr Tips, die begannen: Ich an deiner Stelle würde ... Sie sagte auch etwas über neue Mädchen, die Zeit brauchten. „Wietha macht keine Ausnahme. Laß sie in Ruhe, aber verlier sie nicht aus den Augen."

Was Karin sagte, stimmte. Wietha wurde hin und her geschoben und stand doch nur im Weg. Schon beim Wecken fiel sie auf. Wenn Licht und Radio eingeschaltet wurden, drehte sie sich erst auf die andere Seite.

„Gleich aufstehen, das kann ich nicht", rechtfertigte sie sich, wenn die anderen maulten, weil sie auf „Frolleinchen" warten mußten. Damit hatte sie ihren Spitznamen weg. Wenn Frolleinchen zum Frühsport erschien, waren die anderen schon fertig. Also mußte sie die Runden allein laufen. Kam sie endlich in den Waschraum, war natürlich kein Becken frei. Sie mußte warten, baute ihr Bett, wenn die anderen vorm Speiseraum standen, auf sie schimpften, weil sie alles verzögerte. Kein Wunder, daß sie in der Eile das Laken nicht glattzog und die Decke nicht auf Kante legte, kein Wunder also, daß sie von der strengen Holle zurückgerufen wurde, wenn sie zum Rauchen wollte.

„Ich bin Holle, rund wie Rolle", hatte sie sich Wietha am ersten Tag vorgestellt. Im gleichen Ton sprach sie auch über die anderen aus dem Zimmer. „Festus, unsere Westernmieze, Isso, der Streithammel, und unser erster FDJ-Sekretär, genannt Kingkonny oder Kornelia, der Quark ist da. Und wer bist du? Das Frollein redet wohl nicht gern?"

Holle war vor einem Jahr gekommen. Sie kommandierte und kontrollierte, was Wietha nicht verstehen konnte. Holle spielte sich auf. „Was ich sage, mußt du machen. Ich bin in der FDJ-Leitung."

„Na und!"

„Wenn du deine Sachen für den nächsten Tag schon am Abend zurechtlegst, schaffst du's morgens mit links. Wenn nicht, bekommst du weniger Taschengeld, und wenn das nichts hilft, mußt du in der Gruppenversammlung dazu Stellung nehmen."

Das ließ Wietha kalt. Holle mußte sie begleiten, ob zum Röntgen oder ins Labor. Solange Wietha keinen Gesundheitsausweis hatte, arbeitete sie tagsüber im Werkhof. Ihr war das gleich, aber Holle sagte: „Im Betrieb ist es viel besser." Sie ging jedesmal in den „Kleinen Wilhelm", wenn sie auf Wietha aufpassen sollte, und brachte von einem guten Kumpel ein paar Zigaretten mit.

„Bild dir nichts ein, Frolleinchen, ich muß dich einweisen, aber meine Freundin wirst du nie."

Auch als Wietha zum erstenmal mit zur Schicht fahren durfte, war Holle neben ihr. Die Neue einzuweisen gehörte zu ihren Aufgaben. Jutta brauchte Holles Hilfe. Die

Mentorin Karin sagte: „Das klappt besser, als du denkst. Gewöhne sie nicht daran, daß du für sie regelst, was ihr unangenehm ist."

Die Mädchen stiegen in den Schichtbus, der sie den Siebenstieg hinunter in den Betrieb brachte. Wietha sah auf die Stadt, aus deren Nebelpelz ein paar Lichter blinkerten. Sie fuhren durch enge Straßen. Die Kaufhäuser lockten. Wietha wünschte sich hinter die hellen Fenster der Wohnungen. Es mußte in den Stuben warm und behaglich sein. Der Mann wird vielleicht zur Frau heranrücken und ihr seine Hand aufs Knie legen, so wie es Peter bei der Mutter tat, bevor sie aufstanden, um sich über Davids Körbchen zu beugen.

Die Straßen waren leer. Wietha fühlte sich im Bus gefangen und hätte am liebsten die Faust geballt und an die Scheibe getrommelt.

„Nachtschicht ist die beste Schicht", sagte Holle. „Dabei vergeht die Woche wie verrückt. Wenn du früh ins Heim zurückkommst, hat der neue Tag angefangen, wenn du aufstehst, ist er so gut wie gelaufen."

Der Bus fuhr durch Nebenstraßen, wendete auf einem Parkplatz und hielt. Die Beutel wurden gegriffen. Wietha folgte Holle. Sie konnte nicht verstehen, warum es alle plötzlich so eilig hatten, es ging doch zur Arbeit. Die Mädchen sammelten sich und umringten eine Frau. Wietha beantwortete alle Fragen nur kurz, daß Holle sich immer wieder einmischte und erklärte: „Aus der zehnten Klasse ist sie abgegangen, aber Abschluß hat sie nur von der neunten, stimmt doch, Wietha? Gearbeitet? Ich glaub nicht, oder hast du schon?"

Wietha nickte mal oder schüttelte den Kopf. Sie liefen über eine Betonfläche, vorbei an Schaukästen, einer Tafel, einer Losung. Hinter den Fenstern tauchten Gesichter auf und verschwanden wieder. Hier bewegte sich alles nach für Wietha undurchschaubaren Gesetzen. Sie bewegte sich schon mit, ließ sich treiben, ohne zu fragen, wohin, weshalb, in den Flur hinein, eine Treppe hinauf, in einen schmalen Korridor, einen Umkleideraum. Die Frau schloß ihn auf. Sofort füllte er sich mit Licht und Lärm. Die Frau wickelte sich aus dem großen Tuch. Während sie ihr Haar kämmte, es war kurz und kraus, und die Lippen mit einem Stift nachzog, lachte sie. Sie hörte nicht, wie Holle das in der anderen Ecke des Raumes mit spitzem Mund kommentierte: „Fräulein Freund ist immer munter, hatte sie Besuch von Gunther."

Wie sollte sich Wietha in dem Durcheinander zurechtfinden? Fräulein Freund suchte ihr einen Kittel. Die ersten Mädchen waren fertig und schlossen ihren Spind zu. Isso stand an der Tür und ließ nur die hinaus, die ihre Hauben wie einen wirklichen Schutz trugen.

„Das Haar muß aus der Stirn, richtig unter die Haube und mit zwei Klemmen festgesteckt werden, wir sehen alle so abgeleckt aus, is so", erklärte sie.

Wietha stand vorm Spiegel und zupfte ein paar Locken heraus, aber Fräulein Freund sagte: „Wer nicht hört, muß das Haar kurz tragen."

Wiethas Stimme klang fremd, als sie sagte: „Mein Haar schneidet mir niemand ab. Lieber laß ich mich einsperren."

Sie dachte, ich will nicht wieder Angst haben müssen. Es gab etwas, was gegen Angst half, das wußte sie von Peter. Durch ihn hatte sie den Regenfisch entdeckt.

Sie wohnt seit wenigen Wochen bei der Mutter, zu der sie Traudel sagen soll. Wenn Peter kommt, versteckt sie sich nicht mehr. Sie freut sich. Ein weißes Tuch liegt auf dem Tisch, Apfelsahnetorte wird angeschnitten, gute Tassen werden aus dem Schrank geholt, während Kerzen brennen. Die Familie sitzt friedlich beisammen.

„Warum bleibst du nicht bei uns?" fragt Wietha.

Peter rutscht tief in den Sessel und streckt die Beine lang aus. „Komm mal her", sagt er, faßt in seine Tasche und holt eine bunte Glaskugel heraus. Er hält sie zwischen Zeigefinger und Daumen gegen das flackernde Kerzenlicht. Die Farben schwimmen im Licht, und die Luftblasen perlen wie im Aquarium. Da formen sich die Farben zu Fischen. Sie wollen hinaus, aber rutschen an den glatten Rändern immer wieder nach innen weg. Wietha drückt mit der Hand ein Auge fest zu, um besser sehen zu können. Peter beugt sich auch zum Licht. Wietha drückt nun die Hand auf das andere Auge, als könnte sie dadurch den Fischen helfen, sich zu befreien. Und tatsächlich! Sie schwimmen im Zimmer. Wietha jubelt und sieht Peter an. Der schönste aller Fische schwimmt auf ihn zu. Peter lacht und umspannt mit der Hand ihren Nacken.

Da grapscht David zu.

„Meine Kugel!“ Wietha wischt Tränen in ihren Ärmel.

„Laß sie ihm“, sagt die Mutter.

Peter faßt Wietha unters Kinn und hebt ihr Gesicht. „Wer den Regenfisch einmal gesehen hat, dem erscheint er immer, wenn er Angst hat.“

Wietha blinzelt, und der Fisch kommt.

„Nun kommen Sie endlich“, forderte Fräulein Freund Wietha auf.

Wietha wünschte, der Regenfisch würde das Fenster mit seinem Maul aufstoßen und käme hereingeschwommen. Er könnte den Raum verwandeln, das hatte er immer gekonnt.

„Sie sind bestimmt schon neugierig auf Ihre Arbeit“, sagte Fräulein Freund. „Hier wird gebacken. Zwieback und Brot, aber das wissen Sie natürlich längst.“

Wietha blieb auf dem Stuhl sitzen.

„Mit dem Brot beliefern wir die Stadt, und der Zwieback, was denken Sie, wohin der überall verschickt wird. Bis nach Berlin.“

„Ich mag keinen Zwieback.“

„Das kommt noch, wenn Sie erst hier arbeiten. Wissen Sie eigentlich, woher der Zwieback seinen Namen hat?“ Sie hob die Stimme, als warte sie auf Antwort. Das waren die einzigen Pausen, die sie sich beim Reden erlaubte.

„Also für zwie kann man auch zwei setzen. Zwieback wird zweimal gebacken, richtig."

Weil Wietha stumm blieb, wurde Fräulein Freund noch beredter. Über eine schmale Treppe kamen sie in die Abteilung Einback hinunter.

„Hier wird der Teig von den Teigmachern geknetet, wie bei Muttern zu Hause, nur ein bißchen größer ist alles." Fräulein Freund lachte. „Die Bottiche werden gewogen, dann muß der Teig eine Weile stehen wie Hefeteig. Der Bottich wird hinaufgezogen, angekippt, der Teig fließt vor bis zur Gabelung, von dort rutscht er durch zwei Arme in kleinere Kübel. Hier müßte eigentlich Isso stehen." Sie sah sich suchend um, fragte Konny, die den vollen Bottich die zehn Meter zur Waage zu ziehen hatte: „Wo ist Isso?"

Wietha blieb an den Bottichen stehen. Wenn man da reinfällt, dachte sie, dann klebt man wie die Wespe im Sirup. Wietha war betäubt vom Lärm der Maschinen, der Ventilatoren. Mehlstaub brannte in den Augen. Menschen kamen und gingen. Sie lachten, schimpften, prüften, zogen, schoben, karrten. Einige von ihnen erkannte sie. Holle winkte ihr zu. Wietha, die zu ihr wollte, lief gegen einen Wagen, der aus übereinandergestapelten Holzrosten bestand. Sie trat erschrocken zur Seite, stieß an eine Wanne und fing sich mit den Händen, die in einer weichen Margarine-Zucker-Masse versanken.

Holle lachte. Sie stand neben zwei Frauen, die sich von Wietha nicht ablenken ließen. Auch Holle konnte nicht weg.

„Das schaffe ich nie", sagte Wietha und staunte über die sicheren Griffe, mit denen der Teig gleichmäßig in die Formen verteilt wurde.

Fräulein Freund kam mit einem Gegenstand, der aussah wie ein langes Brotmesser. „Ihre erste Arbeit", sagte sie.

Wietha kletterte hinter ihr auf die Plattform. Wietha

sollte „anschneiden", Fräulein Freund machte es vor. Sie drückte das Messer bald links, bald rechts in die Teigmasse, damit sie sich nicht staute. Wietha bewegte sich wie im Tanz. Als eine Hand ihr Fußgelenk umschloß, fuhr sie erschrocken herum. Was wollte der Mann?

„Mache ich das richtig?" fragte sie.

„Einwandfrei machst du das."

„Schnell genug?"

„Du mußt das nicht so verbissen sehen", sagte er. Er war plötzlich neben ihr und umarmte sie. „Einwandfrei, du." Er ließ Wietha los, weil der Meister kam.

Und links und rechts und links ... Inzwischen schmerzten die Handgelenke. Konny, die vorbeikam, sagte: „Du darfst nicht zu fest anfassen, das gibt Blasen."

Wie lang eine einzige Stunde sein konnte. Wietha sah den Teig auf sich zukriechen. An der Gabelung, in Kinnhöhe etwa, staute er sich, bevor er sich in zwei Ströme teilte. Sie hatte Schmerzen im Rücken, die bis in den Hinterkopf stiegen, unter der Kopfhaut saßen und in die Stirn kamen. Der Teig begann zu leben. Er streckte unermüdlich seine Arme nach ihr aus. Sie schlug die Arme ab, links, rechts und wieder links, aber sie wuchsen ihm aufs neue. Wietha kämpfte. Sie verlor das Gefühl für Raum und Zeit. Als die Ablösung kam, setzte sie sich auf die unterste Stufe. Tränen rannen ihr übers Gesicht. Fräulein Freund nahm sie mit in den Speiseraum.

„Wietha, warum machen Sie sich so fertig?" Zu Jutta, die am Morgen die Mädchen abholte, sagte sie: „Entweder die taugt gar nichts, oder aus ihr wird mal eine gute Arbeiterin."

3.

Wie immer, wenn Jutta von zu Hause kam, fand sie Fillnitz klein. Daß der D-Zug hier hielt, schien ein Irrtum. Der Bahnsteig war zu kurz für den langen Zug, so daß man, wenn man aus dem letzten Wagen kletterte, sich auf der Straße zwischen den geschlossenen Schranken befand. Ein paar Schritte, sich bücken, und sie war auf dem Weg durch die Stadt. Zwischen dem Siebenstieg und dem Ziegenberg floß die Filler neben der Straße. Auf beiden Seiten wuchs die Stadt die Hänge hinauf bis zum Wald, der sie schützend umschloß. Jutta hatte das Fillnitzer Zentrum erreicht, das neue Hotel hinter einer Grünanlage, in der eine teure Plastik stand. Sie stand immer noch dort, obwohl es einen Protestbrief mit vielen Unterschriften gegen die unförmig Dicke gegeben hatte. Jutta blinzelte der Dicken Madam zu. Fillnitz war ein Industriestädtchen mit einer Geschichte, die bis ins 14. Jahrhundert zurückreichte, als Mönche begannen, nach Erz zu graben. Jutta ging am ältesten Haus der Stadt vorüber, am kleinen Heimatmuseum, das sie jedes Jahr vorm Fillnitzer Heimatfest mit den Gruppen besuchten. Wenn sie zur Dienstübernahme pünktlich sein wollte, mußte sie sich beeilen. Jutta blieb stehen und lauschte, als sie aus dem Tal ein Motorrad heraufkommen hörte. Sie wünschte, es wäre der Kollege Becker, den man Dette nannte. Jutta kannte den Mann nicht, der neben ihr hielt. Er fragte nach dem Jugendwerkhof. Jutta nickte, als er unsicher in die Richtung zeigte. Dann gab er Gas. Bevor er den Gang einlegte, sagte er: „Steig auf, wenn du willst."

Jutta machte sich klein hinter dem Rücken des Mannes. Mit der einen Hand umklammerte sie die Tasche, mit der anderen umfaßte sie ihn. Sie fürchtete die Schneereste. Noch die letzte große Schleife, dann hielt er. Während sie unentschlossen neben ihm stand, zog er umständlich die Handschuhe aus, setzte den Helm ab. Er erinnerte sie an Che Guevara, den sie einmal auf einem Bild gesehen hatte.

Verwegen, unerschrocken, aufmerksam, klug. „Zu wem wollen Sie denn?“ fragte sie.

„Zu euerm Chef!“

Hugo Bachmann war Direktor und an diesem Wochenende auch der diensthabende Tagesleiter.

„Der am meisten zu sagen hat, zu dem will ich“, erklärte der Mann ungeduldig. „Ich suche wen.“

„Haben Sie die Erlaubnis?“

Der Mann nickte und machte kehrt. Jutta war sprachlos.

Im Falkzimmer, dem Beratungsraum, wies Hugo Bachmann seine Erzieher zum Wochenenddienst ein. In der Gruppe wartete Karin Hallamat schon auf Jutta. „Das Haus ist sauber, aber noch nicht kontrolliert, auf die Wäschebeutel sind Nummern zu sticken, denk an das Sportzeug, Montag ist Schule, es fehlen Schuhbänder, die Post liegt in deinem Fach und ...“

Jutta wartete auf das Ende der Aufzählung. Hugo verlangte, Karin verlangte. Holle war die erste, die zu Jutta kam. „Kontrollieren wir?“

Jutta dachte, wie wichtig sie das nimmt. Sonnabendnachmittag, und man geht durch die Zimmer, faßt auf Schränke und Gardinenleisten, bläst sich den Staub von den Fingerspitzen und trägt in sein Heft: Zimmer zwei, Staub! Zimmer drei, Bettenbau miserabel! Zimmer vier, Papier unterm Bett! Zimmer fünf? Dieses Zimmer. Jutta setzte sich an den Tisch.

„Fräulein Timmendorf, die Mädchen warten auf uns.“

„Sag mal, Holle, wenn du Erzieher wärst, was würdest du anders machen?“

„Ich wär strenger. Ich würde auch einer Wietha nicht das Laken glattziehen, Fräulein Timmendorf.“

Sie hat es gesehen, dachte Jutta und sagte: „Sie ist ja noch neu.“

Holle schwieg.

„Na komm“, sagte Jutta. Sie wollten eine Szene spielen. Das hatten sie schon einmal probiert. Die Aufgabe für die

Spieler lautete heute: Mutter und Vater beim Frühstück. Tochter kommt nach einer durchbummelten Nacht. In solchen Szenen waren die Mädchen erfinderisch. Festus übernahm die Vaterrolle.

„Mein Bier, verdammt noch mal", schnauzt sie Holle an, die die Mutter spielt.

„Trink deinen Kaffee und sei still."

„Ich bin still, wenn's mir paßt."

„Suffkopp!"

Während die beiden streiten, kommt Tochter Isso nach Hause. Sie will sich an den Eltern vorbeidrücken.

„Hiergeblieben!" Mutter Holle packt zu. Isso bockt. Konny im Publikum klatscht sich begeistert auf die Oberschenkel. Sie ruft Isso zu, wie sie ihre Alten schocken kann. Sie überziehen natürlich. Aber Jutta erkennt sie doch. Ihre Mädchen.

Festus: Eigentlich heißt sie Monika. Vater nicht bekannt, Mutter debil. Viele Heime, aus denen sie weglief. Ihr Problem war Alkohol. Sie gehörte zu einer Gruppe, die Kioske aufbrach. Sie stand Schmiere. Rowdytum heißt es in der Akte.

Holle: Die Älteste von neun Geschwistern. Eine strenge Mutter, der Vater Gelegenheitsarbeiter, geschieden, aber von der Familie nicht gelöst. Holle, sie heißt Irene, füttert und pflegt die Geschwister, während Mutter arbeitet. Die Mutter ist eine beliebte Kollegin in einer Schuhfabrik. Sie macht Überstunden, weil sie verdienen muß, aber in Wirklichkeit grault sie sich vor ihrem Zuhause. Holle nimmt ihr Sorgen ab. Nach der achten Klasse geht sie auch in den Betrieb. Sind die Kleinen krank, bleibt sie zu Hause. Der Arzt will die Mutter krank schreiben, nicht die Tochter. Da fehlt sie eben ohne Krankenschein. Sie fehlt oft. Wenn sie mit den Kleinen durch die Stadt bummelt, verspricht sie ihnen, was sie sich wünschen. Sie wünscht sich auch die guten Sachen aus dem Laden, den sie gern betreten würde. Ein Mann beobachtet sie. Ausländer. Für einmal mit ihm bekommt sie Parfüm. Es ist das billigste, aber es wird mit fremdem Geld bezahlt. Sie besucht den Mann im Wohnheim. Für einmal mit seinem Freund bekommt sie eine Stange Kaugummi. Er hat viele Freunde. Beim nächsten Mal verlangt sie ein Matchbox von ihm für den Bruder, einen Pulli von seinem Freund für eine Schwester, Schokolade von dem anderen für die Kleinen. In ihrer Akte steht etwas von gewerblich, von Verwahrlosung.

Konny: Konnys Mutter hat die Bahnhofstoilette gepachtet. Konny wird damit gehänselt. Das will die Mutter gutmachen. Sie kauft Konny teure Sachen. Sollen alle vor Neid platzen. Konny will mehr. Die Mutter jammert. Konny knallt die Türen zu. Ihr Vater ist Betriebsdirektor. Sie geht zu ihm. Er hat wenig Zeit, er gibt ihr lieber einen Schein. „Wer gut leben will, muß arbeiten", sagt er, „entschuldige mich". Sie bummelt. Vormittags fernsehen, abends Disko. Sie wird aufgegriffen. Die Mutter weint. Wenn sie sich beruhigt hat, nimmt sie Konny in den Arm. Darauf wartet Konny, dann kann sie sich schlafen legen. Am nächsten Tag ist sie wieder weg. Die Mutter geht zum Referat Jugendhilfe. Das verzeiht ihr Konny nie. In ihrer Akte steht aggressiv, gefühlsarm, asozial.

Isso: Leistungsschwach, labil, vernachlässigt von der Mutter, eine Alkoholikerin. Isso heißt Marita. Sexuelle Verwahrlosung.

Das findet Jutta auch. Jedesmal, wenn Isso in die Stadt geschickt wird, verschwindet sie mit einem Mann. Manchmal reicht ihr schon die Toilette.

Isso, die die Tochter spielt, setzt sich gerade Vater Festus auf den Schoß.

Am späten Nachmittag sahen sich die meisten Mädchen die Kindersendung an. Holle hatte für alle aus ihrem Zimmer Kaffee gekocht und den runden Tisch in der Fensternische gedeckt. Wietha hoffte nach dem Vormittag, an dem sie die Besenkammer hatte saubermachen müssen, man würde sie in Ruhe lassen. Sie setzte sich nicht an den runden Tisch, denn sie konnte von ihrem Taschengeld nichts beisteuern. Die vier Mädchen sahen sich an. „Gehören wir nun zusammen oder nicht?“ fragte Festus.

„Was ist, Frolleinchen, der Kaffee wird kalt“, rief Holle.

Die anderen drehten sich ärgerlich um. Konnte sie das nicht leise sagen? Der Prinz ritt gerade mit der falschen Braut davon.

Jutta Timmendorf saß allein an einem Tischchen. Sie hatte sich von Isso die Postmappe bringen lassen. In den neunzig Filmminuten wollte sie nachsehen, wen sie mahnen mußte, nach Hause zu schreiben, und wer lange keine Post bekommen hatte. Da wurden unter dem Fenster Stimmen laut. Jutta hörte Worte heraus:

„Verboten!“

„Halbe Stunde?“

„Verschwinden Sie!“

Die Mädchen vergaßen den Film und ließen ihren Kaffee stehen. Ein Fremder in Lederjacke, einen Sturzhelm in der Hand, diskutierte mit Hugo Bachmann.

„Urst, wie mein Alter. Die Karre erst.“

„Beruhigt euch wieder“, mahnte Jutta und wollte sie zurück auf ihre Plätze schicken, als Wietha aufschrie.

„Axel, hier bin ich, hier!“

Axel drehte sich um. Wietha wollte das Fenster aufreißen, aber die Griffe waren abgezogen. Axel sprang über das Beet, suchte mit dem Fuß einen Mauervorsprung. Mit beiden Händen klammerte er sich am Gitter fest und zog sich hoch, während Wietha ihr Gesicht an die Scheibe legte. In der Gruppe war es ganz still, daß man verstand, als Jutta ungläubig fragte: „Das ist Axel?“ Axel Müller, vierundzwanzig, geschieden, Kontakt zu ihm abbrechen, stand in Wiethas Akte.

„Nicht doch, nicht weinen, ich komme wieder.“ Er sackte herunter und wurde von Hugo Bachmann und Detlef Bekker weggebracht.

„Sie kennen ihn? Fräulein Timmendorf, woher wollen Sie ihn kennen?“

„Er sieht nur einem ähnlich.“

„Wem denn? Kennen wir ihn auch?“

„Ich weiß nicht. Er heißt Che Guevara. Seine Freunde nannten ihn Che. Er hatte viele Freunde.“

„Axel hat auch Freunde“, sagte Wietha nun mit spröder Stimme.

„Gemein“, sagte jemand.

„Das ist doch gemein von Herrn Bachmann.“

Juttas Mund wurde trocken, als sie sagte: „Wiethas Freund darf überhaupt nicht kommen. Daß sie in den Werkhof mußte, ist auch seine Schuld.“

„Na und, der kann sich doch ändern. Haben Sie nicht gesehen, der liebt Wietha.“

Wietha rannte aus dem Tagesraum. Man hörte sie die Treppe hinaufpoltern. Dann schlug eine Tür. Unten im Tagesraum sagte Jutta Timmendorf: „Findet ihr gut, daß er es Wietha so schwer macht. Kommt einfach her. Er muß ihr doch ganz anders helfen.“

„Bloß wie, wenn er nicht darf?“

Das konnte auch Jutta nicht beantworten. Die ersten saßen schon wieder vorm Fernseher, und nach ein paar Minuten diskutierten nur noch die Mädchen am Kaffeetisch über diese Frage.

4.

Auf Holle war wirklich Verlaß. Sie ranzte Wietha an, wenn sie trödelte, und zeigte ihr, wie man Slips auf Kante legt. Sie nahm sie mit zum Wäschewaschen und holte sie aus dem Bett, wenn sie ihre Schuhe nicht geputzt hatte. Holle war ein Ordnungsmensch und Frollein ein Lodderbatz.

„Was denkst du, wie meine Geschwister gespurt haben,

dich schaffe ich auch. Du hast dich heute abend nicht gewaschen, ab mit dir unter die Dusche!“

Außer Konny, die jeden Abend zuletzt ins Zimmer kam, weil sie noch das Gruppenbuch schreiben mußte, standen inzwischen alle anderen vor Wiethas Bett.

„Los, vorwärts!“ Holle hoffte, Wietha würde sich diesem Ton nicht widersetzen. Aber Wietha zog sich die Bettdecke fest über den Kopf. Das war zuviel für Holle. Mit einem Ruck riß sie ihr die Decke von den Füßen her weg.

„Dreck von der ganzen Woche!“ Holle übertrieb.

„Du mußt in den Waschraum, is so.“

Festus stand neben dem Bett, leicht gegrätscht mit herabhängenden Armen, als wolle sie gleich den Colt ziehen. Wietha jaulte auf. „Das geht nicht ab.“

„Zum letztenmal! In den Waschraum!“

„Mach kein Scheiß“, sagte Festus.

Wietha drehte sich zur Wand. Das Gekeife kannte sie, das war wie zu Hause. „Sei vernünftig“, hörte sie die Mutter. Aber Wietha dachte schon an Axel. Kennengelernt hatte sie ihn im Ferienlager an der Ostsee.

Ein Kiosk. Er steht hinter ihr. Der dünne Pferdeschwanz fliegt ihm ins Gesicht, als sie den Kopf schüttelt. Zwei Mark dreißig zählt sie der Verkäuferin vor. Aber die bunte Glaskugel kostet zwei siebzig, wie die Verkäuferin mehrmals wiederholt. Sie legt sie zu den Nixen zurück.

„Ich möchte sie aber haben.“

„Mach Platz!“

Wietha kommen die Tränen.

„Warum willst du sie unbedingt?“

Wietha wischt über die Augen und blinzelt. „Es ist eine Wunderkugel“, flüstert sie.

„Geben Sie sie ihr“, bittet der Mann. Als das Mädchen ihm ihr Geld in die Hand schütten will, schließt er sie zu einer Faust.

„Wunder lassen sich nicht kaufen", sagt er.

Die Ferienhelferin Karola ruft und zieht sie schimpfend von ihm weg.

Im Zeltkino sieht sie ihn wieder. Da legt er den Arm um eine Frau. Wietha geht steif an ihm vorüber, während sie an Peter denkt. Sie wird nie begreifen, daß er eine andere Frau hat. Das Ferienlager gehört zu Mutters Betrieb. Karola arbeitet mit Mutter im selben Büro. Bei der Abfahrt ins Lager hatte die Mutter Karola noch einmal zur Seite genommen und leise gesagt: „Hoffentlich habt ihr keinen Ärger mit ihr, ich meine, ein Kind ist sie nicht mehr, paßt gut auf, versprich mir das." Deshalb holt Karola sie noch am selben Abend und sagt: „Laß den Mann in Ruhe, es lachen alle über dich. Was bildest du dir ein!"

Wietha pustet durch die Lippen, daß Karola denkt, Traudel hat recht, wenn sie um Wietha Angst hat. Sie senkt ihre Stimme, um so eindringlich wie möglich zu sagen: „Nicht daß wir dich eines Nachts suchen müssen."

Wietha denkt trotzig, sollen sie doch. Als alle eingeschlafen sind, reißt sie aus. Die Zeltplane läßt sich hochschieben. Während sie ins Gebüsch huscht, hört sie die Stimmen von der Lagerleitung her. Dort sitzt auch Karola. Im Kiefernwald taucht Wietha unter. Sie steht lange vor dem kleinen Zelt. Sein Zelt. Sie umrundet es und stolpert dabei über eine Leine. Der Reißverschluß wird heruntergezogen, ein Kopf schiebt sich aus dem Spalt. Wietha stottert, als der Mann sie erkennt.

„Danke", sagt Wietha, „ich habe mich gar nicht bedankt."

„Du bist ja ganz naß", sagt der Mann. Er will sie ins Zelt ziehen, aber sie läuft ihm davon.

Holle stand immer noch vor Wiethas Bett. Isso war ein paarmal hin und her geflitzt, und nun war alles bereit, was sie brauchten.

„Wietha, steh auf! Die liebe Holle zählt bis drei!"

Wietha hatte sich eingesponnen wie in einen Kokon,

denn sonst wäre ihr der Ton aufgefallen, der nichts Gutes ankündigte.

„Eins ..." Holle wartete. Wietha dachte an Axel.

„Zwei ...", zählte Holle.

Konny kam ins Zimmer. Sie zog sich die Hemdbluse aus der Hose und knöpfte sie langsam auf. Während sie gähnend die Bettdecke zurückschlug, dachte sie an das Gespräch mit der Timme, die zum Schluß gesagt hatte: „Ihr seid eine Chance für Wietha."

„Und die letzte Zahl heißt drei!"

Wietha nahm die Zählerei immer noch nicht ernst. Schlimmstenfalls würden sie wieder schimpfen, um irgendwann zu sagen, ist sowieso sinnlos, die hat ein dickes Fell, sie wird schon sehen, was sie davon hat. Aber alles blieb still, bis etwas auf ihr Bett schwappte. Sofort schlug Wietha die Decke zurück, und eine zweite Schüssel Kaltwasser wurde ihr ins Gesicht geschüttet. Sie saß triefend da, Gesichter schwammen auf sie zu. Konny schickte sie Matratzen vom Boden holen.

Viele Hände hielten Wietha zurück, die sich auf Isso stürzen wollte. Sie zogen die Bezüge ab und warfen die Matratzen raus. Wiethas Wut verflog. Holle warf ihr ein frisches Nachthemd zu. „Bring dir Wolldecken mit runter, kümmere dich, daß alles trocknet im Bügelzimmer, und vergiß nicht, dich zu waschen, Frollein", mahnte sie.

5.

Hugo Bachmann bestellte Jutta Timmendorf zu sich. Jutta erinnerte sich genau an das Datum. Es war Wiethas Geburtstag. Beim Wecken hatte sie ihr gratuliert und danach die Geschenkpackung Pralinen und eine weinrote gesteppte Umhängetasche aus dem Panzerschrank genommen. Holle legte auf den kleinsten Tisch im Tagesraum eine bestickte Decke, stellte Geschenk und Glückwunsch darauf und zündete die Geburtstagskerze an. Als alle versammelt waren, sangen sie: *Happy birthday to you* und ließen Wietha hochleben. Wietha rannte davon. Die Mädchen sahen ihr ratlos nach, bis die stille Festus sagte: „Wetten, die heult jetzt."

Konny und Holle brachten Wietha zurück. Sie freute sich über die bemalte Karte und heulte wieder, daß Jutta Angst bekam, sie in den Betrieb zu schicken. Die Freund ruft Hugo an und beschwert sich glatt.

„Arbeit lenkt wenigstens ab, Fräulein Timmendorf", sagte Konny, „ich werde mit Fräulein Freund reden, vielleicht setzt sie Wietha heute endlich um."

„Wieso umsetzen?"

„Sie will zu uns in die Abteilung. Ich habe schon oft zu Fräulein Freund gesagt, das kann sie nicht machen. Die stellt Wietha immer an einen Platz, an dem sie ganz allein ist. Sie muß Stangen abnehmen. Wenn Sie das sehen würden, die streichelt erst jede Stange, ehe sie sie auf den Wagen legt."

„Und bei euch wird das anders mit ihr?"

„Da ist sie nicht allein. Eintüten müßte sie schon bringen und grabbeln, dabei kann sie nicht bummeln. Wenn Sie mich erlebt hätten, mein erster Geburtstag hier drin. Ich habe auch geheult."

Jutta dachte, ich muß wenigstens mit ihr reden. Wietha sollte sich nicht verlassen fühlen. Wie das ist, wußte Jutta.

Sie war einmal das Schlüsselkind Jutta. Mutter kam erst am Abend aus dem kleinen Laden, in dem sie den ganzen Tag Knöpfe und Gummiband verkaufte. Vater tüftelte mit seinen Leuten. Die Kronkorken verklemmten sich beim Verschließen der Flaschen. Jutta fürchtete sich in diesem Haus am Stadtrand, in das sie aus ihrer kleinen Wohnung gezogen waren. Die Eltern wollten nicht, daß ihr Kind auf einem Hinterhof aufwuchs. Deshalb kauften sie das Haus

neben dem verwilderten Park, durch den Jutta jeden Tag zur Schule mußte. Müll lag in den Büschen, Hunde streunten durchs Gestrüpp, der dicke Gustl warf ihr Steine nach. Zu ihrem ersten Geburtstag im neuen Haus wollte Mutter nachmittags freinehmen, um ihre Tochter abzuholen. Schon am Morgen stellte sich Jutta vor, wie die Mutter vor der Schule auf und ab geht, wie sie Jutta an die Hand nehmen würde. Jutta bleckte dem Gustl die Zunge raus, weil er sie am Zopf zog. „Sitzenbleiber, Eseltreiber!" Und dann war die Mutter nicht gekommen. Jutta lief vor Angst mit den anderen Kindern bis zum Neubauviertel. Einer nach dem anderen verschwand, und als Andrea sagte: „Ich muß jetzt hoch", bat Jutta: „Kann ich nicht mitkommen, es regnet doch."

„Ich darf keinen mitbringen."

Jutta nickte, und Andrea sagte: „Aber nur bis in den Flur."

Jutta stolperte hinter Andrea die Treppe hoch. Andrea schloß die Wohnung auf. „Warte hier, ich komme gleich wieder. Wir lassen die Korridortür offen, dann siehst du mich."

Jutta setzte sich auf die Stufen. Andrea schimpfte mit ihr und brachte wenigstens ein Kissen.

„Was wollen wir nun machen?" fragte Jutta.

„Ich sammle Witzbilder."

Die beiden Mädchen beugten sich über bunte Schnipsel aus Zeitschriften. Das eine Mädchen saß auf dickem Teppich im Wohnkorridor, das andere hockte auf einem Kissen im Treppenhaus. Sie schwatzten und kicherten, bis eine Korridortür geöffnet wurde. Ein verschlafener Mann schimpfte: „Könnt ihr nicht woanders spielen, verdammte Gören, ich muß zur Nachtschicht."

Andrea sprang auf, griff ihren Karton und schlug vor Jutta die Tür zu. Jutta wagte nicht, zu klopfen und zu rufen. Sie wollte schreien, aber die Angst nahm ihr die Stimme. Schritte klopften durchs Haus. Jutta drückte die

Augen zu und öffnete sie, als das Klopfen aufhörte. Sie sah zu einem Riesen auf.

„Was machst du hier?“ fragte er.

„Ich habe Geburtstag.“

Er nickte. Sie nahm seine Hand, drückte sie an ihr Gesicht und lief schnell weg.

Wietha konnte nicht weglaufen. Der Bus fuhr ein. Jutta sagte: „Vielleicht hast du heute Post. Wenn du willst, gehen wir am Nachmittag in die Stadt.“ Wietha brauchte sie. „Ich verstehe dich ja“, sagte Jutta.

„Er darf nie kommen.“

„Wir werden einen Weg finden. Das verspreche ich dir.“

Davon konnte Hugo nichts wissen, als er Jutta zu sich bestellte. Seine Sekretärin empfing sie kühl, diese Erzieherin, die man nicht von den Mädchen unterscheiden konnte. Sie schaltete den Sprechfunk ein, sagte dann zu Jutta: „Sie können sich setzen.“

Nun saß Jutta in der Warteecke. Das Sekretariat war ein Durchgangszimmer, links zum Chef, rechts zu Klaus Winkler, dem Jugendfürsorger des Jugendwerkhofes. Bei Hugo wurde geklärt, gestritten, entschieden. Er hatte die Küchenfrau zu beruhigen, die bei jedem Ärger kündigen wollte, er mußte sich Vorwürfe über die Dienstplanung gefallen lassen und manchmal sogar Ehestreit schlichten. Er sollte Wohnungen besorgen, Mariechen stritt mit ihm über Prämienvorschläge, im Heizhaus platzte wieder mal ein Kessel, ein Arrestantrag war zu genehmigen. Und nun auch noch der Anruf aus dem Betrieb. Ein gewisser Axel Müller ... Schon der Name reicht ihm. Hugo bestellte Kaffee. Dann verschwand er mit Jutta in seinem Zimmer. Es war mit hellen Büromöbeln eingerichtet, dazu ein Sprelacarttisch aus dem Speiseraum mit einem Platzdeckchen darauf, wie sie von den Mädchen in Gruppenstunden ausgefranst werden.

„Die Betriebswache hat angerufen . . . !“
„Wietha? Ist was passiert?“
Unter Hugos Fenster hielt ein LKW. Im Sekretariat wurde es laut, jemand riß die Tür zu ihm auf.
„Wohin denn nun mit den Jungs?“ Der Fahrer Staschi ließ sich nicht zurückhalten. „Kein Material, verdammte Sauerei, irgendwas müssen sie doch arbeiten.“
Hugo ließ sich mit der Bauabteilung verbinden. Er brüllte, dann warf er den Hörer auf die Gabel. „Ihr könnt euch Zement abholen.“
„Werden wir mal wieder.“ Staschi ging und ließ alle Türen offen.
„Axel Müller ist im Betrieb. Haben Sie das erlaubt?“
Jutta schüttelte den Kopf.
Hugo trank den letzten Schluck und dachte, um die muß ich mich kümmern, die hole ich mir in die Leitung. Sie muß mir die FDJ-Arbeit abnehmen, sie hat Gespür. Allein komme ich nicht weiter. „An Ihrer Stelle würde ich in den Betrieb fahren.“
Zehn Minuten später radelte Jutta am Pförtner vorbei. Konny, Festus und Holle traf sie im Speiseraum. Jutta schob sie beiseite. „Ich will wissen, wo Wietha ist.“
Konny sagte leise: „Hinter der Rampe.“
Jutta ließ die Mädchen stehen. Konny lief ihr nach. „Das dürfen Sie nicht, Fräulein Timmendorf, ich habe es Wietha erlaubt, wir alle aus der Leitung haben es erlaubt.“
„So etwas habt ihr nicht zu erlauben.“ Auf der Treppe war Jutta schon nicht mehr so sicher. Durfte sie Wietha bestrafen? Was sich wohl an der Mauer abspielte? Die Kollegen würden über sie lachen. Jutta kehrte um. „Ich erwarte, daß ihr Wietha zurückholt.“
Konny ging. Die anderen löffelten ihre Suppe und warteten. Irgend etwas mußte passiert sein.
„Sie ist weg, nicht wahr?“ fragte Jutta, als Konny endlich kam. Festus räumte den Tisch ab. „Die kann was erleben.“
Jutta brachte die Mädchen in die Abteilungen. Sie dachte

daran, daß Hugo die Fahndung einleiten mußte, und prallte auf einen Mann im weißen Kittel. Er hielt sie fest.

„Ich heiße Kristof", sagte er.

Sie machte sich frei.

„Ich bin Erzieherin", sagte sie streng.

„Und ich bin Minister!"

Jutta ging hastig an ihm vorbei. Konny brachte ihr Wiethas Personenbeschreibung. Samtpullover, Jeans, gelbblaue Wetterjacke.

„War das einer von den Teigmachern, der dir begegnet ist?"

Konny sah die Timme an. „Das kriege ich raus, Fräulein Timmendorf. Teigmacher ist der jedenfalls nicht. Der ist neu." Jutta nahm Konny den Zettel ab.

6.

Noch am selben Abend wurde Wietha in einem Streifenwagen zurückgebracht. Karin Hallamat schob sie in den Flur. Als sie sich umdrehte, um die Tür abzuschließen, spuckte Holle vor Wietha aus. Wietha sah nicht in die Gesichter um sich herum. Sie sind neidisch, dachte sie. Konny ging auf sie zu. „Du hast uns benutzt. Pfui Teufel."

Karin Hallamat war darüber froh. Nichts war schlimmer, als wenn Ausreißer wie Helden begrüßt wurden. Wietha mußte sich in der Kammer an Karin Hallamats Schreibtisch setzen.

„Schreiben Sie, warum Sie weggelaufen sind, wo Sie waren und was Sie gemacht haben." Karin ging zu den Mädchen auf den Flur. Wietha hörte ihre Stimme: „Ihr faßt sie nicht an, verstanden!"

„Die läuft nicht wieder so schnell weg."

Wietha legte den Kuli auf das weiße Blatt. Das geht niemanden etwas an, dachte sie.

Karin Hallamat sah das leere Blatt und sagte: „Erzählen Sie es mir."

Wietha schwieg.

„Dann kann ich Ihnen nicht helfen." Karin rief Holle. „Sie soll sich ordentlich waschen, und laß ihre Sachen packen."

Wietha zuckte zusammen.

Karin Hallamat verließ das Haus, um Hugo zu informieren. Sie wußte, lange durfte sie nicht bleiben. Holle stellte im Waschraum die kalte Dusche an. „Du entschuldigst dich bei uns!"

Wietha sah an die Decke.

„Unter die Dusche", befahl Holle.

„Die ist abgebrüht", sagte jemand.

„Frolleinchen", drohte Konny. Sie ging so nah heran, daß sie selber naß wurde. „Du machst, was von dir verlangt wird. Haarklein schreibst du auf, was war. Ein Wort von dir, und wir stellen die Dusche ab."

Wietha drehte den Mädchen den Rücken zu, um nicht zu zeigen, wie sie zitterte. Ihre Haut war taub. Axel, dachte sie, seine Hände wärmen. Halt mich fest. Sie sieht den Parkplatz vor sich. Wie leicht ihr wird.

„Ihre Ausweise bitte!"

„Was hat sie gesagt?" fragte Holle.

Es wurde still. Nur das Wasser klatschte auf die Haut.

„Die holt sich den Tod", sagte Festus.

„Soll sie ihr Maul aufmachen!"

Ich war mit Axel zusammen, dachte Wietha. Das können sie mir nicht nehmen. Das können sie nicht mal aus mir herausprügeln. Macht doch, was ihr wollt.

Festus, die den Wasserhahn zudrehen wollte, wurde weggezogen.

„Wietha", rief sie, „Wietha, sag' was."

„Mach die Augen auf, du sollst die Augen aufmachen!"

Wietha sah Gesichter, die sie nicht erkannte. Hände griffen nach ihr. Sie wurde auf die Erde gestoßen. Mit dem Gesicht lag sie auf dem Abfluß. Wietha schrie nicht, bat nicht, versprach nichts. Irgendwer streute Ata auf den Rücken, irgendwer schrubbte. Erst als Wietha die Schere sah und hörte, wie Isso sagte: „Die langen Zotteln kommen runter", schrie sie, als ginge es um ihr Leben.

„Macht das Fenster zu."

„Steckt ihr was in den Mund."

„Die Timme!"

Niemand hatte sie kommen hören. Jutta tastete mit der Hand nach der Wand, als müßte sie sich halten. Sie fand sie nicht gleich und wankte. Die Mädchen faßten zu. „Fräulein Timmendorf, was ist mit Ihnen?"

„Geht!"

Eine nach der anderen schlich davon. Wietha war aufgestanden. Das Haar fiel ihr strähnig ins Gesicht. Mit den Händen schob sie es zurück und strich langsam daran herunter bis zu den Spitzen hin. Nur die Augen weinten noch. Jutta hätte dieses Mädchen am liebsten in die Arme genommen. „Zieh dich an", sagte sie und dachte daran, daß sie um diese Zeit mit Wietha in dem kleinen Stadtcafé sitzen wollte, in dem man Gästen eine Kerze auf den Tisch stellte. Alle aus dem Zimmer wären dabeigewesen. Holle hätte ulkige Reime gefunden. Isso hätte von den Eisbechern die Schlagsahne bekommen, Festus würde auf dem Heimweg mit ihrem Wiehern die Spaziergänger erschrecken, wie oft hatte Jutta das schon erlebt. Konny wäre mit Wietha hinterhergetrödelt, das wünschte ihr Jutta jedenfalls. Konny hätte sagen können: Wenn du ranklotzt, nehme ich dich mal mit zum Ausgang.

Jutta hob die Schere auf. Es war ihre eigene. Holle hatte sie sich geborgt, weil sie Stoff für eine Hose zuschneiden wollte.

Karin Hallamat war verwundert, daß sie Jutta in der Gruppe traf. „Drei Tage Arrest für Wietha", sagte sie.

Jutta hörte und nickte, dann sagte sie: „Ganz andere müßten in Arrest. Aber was begreift man, wenn man eingesperrt ist?"

Karin Hallamat zeigte Jutta das leere Blatt. „So sieht ihre Stellungnahme aus."

„Daß es das gibt. Unsere Mädchen, Karin. Holle, Isso, sogar Konny. Ihre Gesichter werde ich nicht vergessen."

Nun hätte Karin Hallamat beinahe Kindchen gesagt, aber sie sagte: „Ich hätte besser aufpassen sollen. Ich war wütend."

In dieser Nacht schlief Jutta schlecht. Sie hatte lange am Fenster gestanden und zum Haus hinübergesehen, in dem sie die Mädchen wußte. Ein Bett war leer. Drei Nächte und drei Tage in einer Zelle leben. Die Nacht trug einen hellen Himmel, der sich in blanken Fensterscheiben spiegelte und mit mildem Licht lockte. Sie konnte sich diesem Reiz nicht entziehen und öffnete das Fenster weit. Ob Wietha schon schlief oder sich wie sie in die Nacht hinaussehnte? In dieser Nacht war ihr Himmel klein. Vierzig Zentimeter mal vierzig Zentimeter hinter dickem Glas.

Jutta beugte sich ein wenig vor und entdeckte einen Lichtschimmer. Dann hörte sie Schritte über sich. Es war auch für Karin Hallamat eine unruhige Nacht.

7.

Ernüchtert betrachtete Jutta die letzten Monate.

„Wer wollte Wietha das Haar abschneiden?" fragte Karin Hallamat. „Wem gehört die Schere?"

„Mir", sagte Jutta.

„Ich kann euch nicht mehr vertrauen, beweist, daß ich mich irre. Bis dahin: kein Ausgang, Urlaubssperre!"

Jutta wurde rot. Vor den Mädchen durfte sie nicht widersprechen. Als sie allein waren, sagte Jutta: „Wir hätten sie anhören und nicht verurteilen sollen."

Für Karin Hallamat lief alles normal weiter. Sie kümmerte sich nicht um die Unruhe. Jutta hielt das nicht aus.

Ich muß mit ihnen reden, dachte sie und holte sie in den Tagesraum. Es fiel Jutta schwer, den ersten Satz zu finden. Sie fühlte Feindseligkeit. Hilfesuchend sah sie in die Gesichter. Konny lachte auf. Das war ein Signal. Jetzt hätte Jutta schreien müssen, um sie zu übertönen. Konny spielte Chef. Nur Wietha saß allein am Tisch, beachtete keinen und wurde nicht beachtet. Jutta griff ihr Lineal und klopfte auf den Tisch. Erfolglos. Isso kippelte lässig mit dem Stuhl und sah sie an, als wollte sie sagen, wenn wir nicht wollen, kannst du gar nichts machen. Jutta verlor die Beherrschung. Sie zog Isso mit einem Ruck den Stuhl weg. Isso sackte auf den Fußboden, schrie auf, sprang auf, packte den Stuhl an seinen Beinen und holte aus. Jutta wich nicht. Sie stand ruhig da. Isso setzte den Stuhl wieder ab. Stille. Daß es soweit kommen konnte!

Jutta verließ den Tagesraum. Erst jetzt wurde sie sich der Gefahr bewußt. Wenn Isso zugeschlagen hätte, dachte sie. Isso war einen Kopf größer und wurde von allen gefürchtet, außer von Konny, für die sie alles machte.

Die Mädchen schlichen an Jutta vorüber und wehrten sich nicht gegen ihre Anordnungen. Und trotzdem war es nicht wie sonst. Konny und Holle herrschten. Widerspruch duldeten sie nicht. Karin wollte das nicht wahrhaben und versuchte, Jutta das auszureden. Was Jutta fühlte, konnte man nicht wegreden. In der Leitungssitzung verlangte sie von Konny Einsicht.

„Unsere Gruppe ist Monatssieger, was wollen Sie noch", sagte Konny.

„Ich möchte nicht, daß hier kommandiert wird. Ihr sollt euch helfen."

„Das machen wir, Fräulein Timmendorf."

„Ja, das macht ihr mir vor. Mir und Frau Hallamat."

„Das müssen Sie erst mal beweisen."

„Du willst gerecht sein?"

„Und die Erzieher?"

Jutta schluckte. „Ja, auch für uns gilt das."

„Bevor das mit Wietha war, waren Sie richtig prima. Da konnte man mit allem, was man hatte, zu Ihnen kommen", sagte Konny, „Wietha wird von Ihnen vorgezogen."

Jutta überlegte, was Konny meinen könnte. „Das ist nicht wahr!"

Alle schwiegen.

Jutta dachte, da sprichst du nur das Nötigste mit Wietha, und die Mädchen fühlen, daß du um sie bangst.

„Sie betrügen!" Konny lehnte sich zurück. Sie hatte genug gesagt, sollten jetzt andere weitersprechen.

„Was mache ich?"

„Sie ziehen Wiethas Bettlaken glatt und schieben ihre Pullover auf Kante, bevor Holle nachsieht."

Jutta lachte.

„Wietha gibt damit an."

„Merken Sie nicht", sagte Konny, „mit der hat das keinen Zweck. Geh bloß", sagte sie zu Wietha.

Endlich redeten sie miteinander.

„Wietha gehört doch zu uns", sagte Jutta. „Es gibt Menschen, die weisen alle ab, obwohl sie Hilfe suchen. Sie können das nicht zeigen, sie sind sogar mißtrauisch, wenn ihnen jemand helfen will."

„Wie einer, der am gedeckten Tisch verhungert", sagte Konny.

Jutta hätte Konny am liebsten die Hand auf die Schulter gelegt. Konny versprach sogar, sich selber um Wietha zu kümmern.

„Mach Schluß", rief Mariechen zu ihr hoch. Aber Jutta ließ sich Zeit. Auf sie wartete niemand. Sie ging noch durch die Zimmer, blieb an manchem Bett stehen, setzte sich auch mal auf eine Kante, tröstete. Es war, als wäre es nie anders gewesen. Jutta strich Isso das Haar aus dem Gesicht.

Im Bügelzimmer redete Konny mit Wietha, die im dünnen Nachthemd vor ihr stand.

„Wir sind schon zwei Jahre zusammen", sagte Wietha.

„Du bist sechzehn."

„Wir werden heiraten."
„Warum dürft ihr nicht zusammenbleiben?"
„Wegen meiner Mutter. Sie will nicht, daß es für mich einen anderen Menschen gibt. Das war schon so, als ich noch klein war. Ich durfte meiner Oma nicht mal mehr schreiben. Und Peter, den hätte ich gern zum Vater gehabt. Den hat sie mir nicht gegönnt, der hat mir nämlich beigestanden. Weggeekelt hat sie ihn. Ich möchte ihm gern schreiben, aber dann erfährt er, daß ich im Werkhof bin."
Wietha dachte an den Abend zurück, an dem sie der Großmutter einen Brief geschrieben hatte.

„Liebe Oma!

Ich war mit der Vokabelkontrolle bei Fräulein Marius dran. Sie hat gefragt, ob Torsten mit zur Klassenfahrt darf. Zuerst habe ich gehofft, daß er nicht mitkommt, denn Torsten ist sehr versaut, und ich kann ihn nicht ausstehen. Liebe Oma, gib Ingo bitte den Zettel, aber lies ihn nicht, bitte, bitte . . .

Er geht in meine Klasse.
Er ist noch ein Kind wie ich.
Er liebt die Tiere
und vielleicht auch mich . . ."

Den Zettel mit dem Gedicht faltet sie und klebt die Ecken zusammen, dann schiebt sie ihn mit dem Brief an Oma in den Umschlag. Sie tappt in die Küche, um Briefmarken aus dem Schrank zu nehmen. Die Mutter kommt ihr nach. Sie will ihr den Brief wegnehmen, aber Wietha zerreißt ihn. Die Mutter greift nach den Fetzen. Wietha schlägt mit dem Kopf gegen die Tischkante.
„Sie hat mein Leben kaputtgemacht", sagt die Mutter. „Und sie hatte nur mich. Ich hatte klüger, besser, geschickter, braver und lieber zu sein als alle anderen Kinder aus der Nachbarschaft. Ich war's aber nicht. Heimlich hat sie mir Nachhilfestunden geben lassen. Sie hat mich bewacht, mir die Freundin ausgesucht."

Die Mutter kommt zur Besinnung. „Du bist noch zu klein“, sagt sie und will Wietha an sich ziehen.

Wietha sträubt sich.

Da wird die Mutter wütend. „Dein Leben hätte sie auch kaputtgemacht, deshalb habe ich dich von ihr weggeholt. Du mußt auf mich hören, du bist meine Tochter, verstehst du, meine.“ Sie sieht erschrocken zur Tür. „Wenn du meine kleine Schwester wärst, müßtest du auch auf mich hören.“ Sie weint.

Wietha will sie trösten, wird aber zurückgestoßen. „Wisch dir das Gesicht ab!“

Da erst merkt Wietha, daß ihre Nase blutet. Sie stolpert zurück und wird von Peter aufgefangen. „Ist sie krank?“

Sie wünscht sich, von ihm ins Bett getragen zu werden, seine Hand auf der heißen Stirn zu fühlen und den bunten Fischen zuzusehen.

„Krank? Sie schreibt heimlich Briefe“, sagt die Mutter leise.

„Sie ist groß genug, um Geheimnisse zu haben“, sagt er. „Wie heißt er denn, dein Freund?“ Wie ein kleines Mädchen nimmt er sie auf den Arm und trägt sie zum Waschbecken, tupft ihr behutsam das Gesicht ab.

Wietha hört aus dem Wohnzimmer seine Stimme, Worte, die sie nicht verstehen kann, von einer anderen Frau und von Kindern, die er nicht verlassen will. „Vielleicht später mal, wenn sie groß sind, vielleicht komme ich dann für immer.“

„Dann bin ich eine alte Frau“, antwortet die Mutter.

Gleich wird Peter sie in den Arm nehmen, sie werden sich streicheln und zu David gehen.

Wietha schiebt die Tür auf.

„Ich habe dich nicht im unklaren gelassen“, sagt Peter.

Bei seinen Worten bekommt die Mutter einen Schreck. „Was meinst du damit?“

Peter sieht zu Wietha und schweigt. Wietha begreift. Pe-

ter weiß, daß sie nicht die kleine Schwester, sondern die Tochter ist. Auch die Mutter sieht Wietha an.

Wietha ist, als hätte sie etwas Schlimmes getan, und nun sind alle traurig darüber. Sie senkt den Kopf.

„Sag' was, Wietha", bittet die Mutter.

Sie tut ihr leid. Peter zieht ein Gesicht, daß man sich fürchten muß. Es wird gleich wieder freundlicher werden. Wietha müßte nur sagen, wir sind Schwestern! Das sagt sie auch. Ihr wird ganz schwindlig dabei. Später einmal wird sie ihm die Wahrheit sagen, sie wird sie ihm ins Ohr flüstern.

Peter setzt sich auf den Küchenstuhl, wischt sich mit der Hand übers Gesicht. „Entschuldige", sagt er zur Mutter. „So ein Verdacht kränkt."

Die Mutter trocknet ihre Wimpern. Der Mund probt Lachen.

„Marsch, ins Bett mit dir." Peter schlingt Wiethas Zopf um seine Hand, zieht sie zu sich und drückt mit der anderen Hand ihren Kopf fest an sich. Er hat große warme Hände, die ein richtiges Nest werden können.

Als Peter gegangen ist, setzt sich die Mutter an Wiethas Bett. „Schön, daß ich mich auf dich verlassen kann. Du bist meine Tochter. Aber er darf es nie erfahren."

Jutta Timmendorf sah zu Konny und Wietha ins Bügelzimmer und mahnte: „Erkältet euch nicht." Sie wollte die Tür gleich wieder hinter sich zuziehen, als etwas über den Fußboden rollte. Direkt vor ihren Füßen blieb es liegen. Es war eine bunte Glaskugel. Jutta hob sie auf und hielt sie gegen das Licht. „Schön", sagte sie, drehte die Kugel und staunte, wie die Farben sich veränderten.

„Bei Kerzenlicht erst", sagte Wietha.

„Woher hast du die?" fragte Konny.

„Peter . . .", sagte Wietha leise.

„Ich denke, er heißt Axel?" fragte Konny nun.

Weil Wietha schwieg, erklärte Jutta: „Ihr Vater, fast wäre er ihr Vater geworden."

Von Vätern hielt Konny nichts. Sie kommen und gehen, und zwischendurch spielen sie den wilden Mann.

„Peter ist ganz anders", sagte Wietha.

„Du redest von ihm wie von Axel."

Jutta hielt die Kugel wieder ins Licht. Jetzt sehe ich auch Farben, wollte sie sagen, als Wietha schnell nach der Kugel griff und sie in der Hand fest umschlossen hielt.

„Mein Regenfisch ist nämlich ein Wunder", sagte sie.

Konny lachte, und Jutta fürchtete, sie könnte sich wieder an die Stirn tippen. Aber Konny bat Wietha um die Kugel. „Tatsächlich", sagte sie aufgeregt. „Sehen Sie mal, da ist wirklich ein Fisch."

„Er ist immer da. Manchmal sieht man ihn in einem Tropfen, manchmal fängt er sich in den Wimpern", sagte Wietha.

Konny kniff die Augen zusammen. Jutta lachte über die krause Nase. Als sie nach Hause ging, balancierte sie auf der Bordsteinkante entlang und hüpfte um die Pfützen wie ein Schulmädchen.

8.

Wietha wartete auf Post. Jeden Tag hoffte sie, aufgerufen zu werden. Aufgerufen wurde sie, aber nicht, weil es Post gab. Es wurden Freiwillige zum Arbeitseinsatz in der Turnhalle gesucht. Festus wartete darauf, daß Wietha sich meldete. Festus hielt morgens das Waschbecken für sie frei und borgte ihr Turnschuhe, wenn sie ihre nicht finden konnte. Manchmal bekam sie auch von ihr eine Zahnbürste oder ein Handtuch. Festus schwärmte für Gojko Mitić.

„Axel mag auch Pferde", sagte Wietha, und als Festus begeistert ihre Pferdekartensammlung aus dem Nachtschrank holte, fügte Wietha hinzu: „Axel sammelt auch.“ Das stimmte nicht. Er sammelte überhaupt nichts. Sein Zimmer war einfach und praktisch eingerichtet. Eine Kochecke und eine Duschecke waren abgeteilt. Er hatte es sich selbst ausgebaut. Das war die Bedingung gewesen, unter der er auf dem Boden des alten Mietshauses Platz bekommen hatte. Es gab keine Blumen im Fenster, keine Bilder an den Wänden, keinen Teppich auf dem Fußboden. Einmal durchwischen – und fertig.

„Weißt du“, sagte Wietha zu Festus, als sie, mit Eimer, Schrubber, Besen und Lappen ausgerüstet, an der Tür auf Karin Hallamat warteten, „weißt du, Axel würde gern in Australien leben.“

„Australien“, sagte Festus.

„Da gibt es Ziegen- und Schafzucht.“

„Und Heuschrecken.“

Karin Hallamat unterbrach das Gespräch. „Bummelt nicht! Zur Gruppenstunde seid ihr wieder hier. Wir sprechen über Ernst Thälmann. Denkt an die Abzeichenprüfung.“

Die beiden Mädchen meldeten sich bei Hugo Bachmann.

„Erst mal wischen Sie den Umkleideraum. Raus mit dem Plunder“, sagte er und kantete die Schränke mit an. Als die Schränke auf dem Rasen standen, klopfte er sich die Hose sauber. „Warmwasser holen Sie sich aus der Küche.“

„Und rauchen?“ fragte Festus.

„Wenn Sie fertig sind.“

Jutta Timmendorf, die beiden Hallamatkinder an der Hand, blieb stehen. Wenn Karin im Dienst war, kümmerte sie sich um sie, wie Mariechen und Frau Winkler, die beide gemeinsam in einer Gruppe arbeiteten. Man mußte Karin helfen, die oft nicht wußte, ob sie bei den Kindern bleiben oder zu den Mädchen gehen sollte. Ihr Mann war für zwei Jahre mit einer Schlosserbrigade in Moçambique. Juli machte sich von Juttas Hand los und lief auf Hugo zu. „Onkel Hugo!“ Sie umklammerte sein Bein.

Hugo umspannte mit beiden Händen die kleine Juli und stemmte sie hoch. „Paß auf, jetzt fliegen wir ganz schnell." Er beschrieb mit dem zappelnden, kichernden Mädchen eine Acht in der Luft, bevor er sie auf den Boden absetzte. „Und du", sagte er zu Bastel, „hast du den Fahrradschlauch geflickt?" Er wartete die Antwort nicht erst ab. „Komm am Sonntag, am besten vormittags. Kannst deine Schwester mitbringen, was, Juli, da lassen wir das Karnickel Muckel raus." Er reichte Jutta Timmendorf die Hand, sagte: „So ein Wetter brauchten wir zum ersten Mai." Mit dem Kopf deutete er zu Wietha und Festus hin. „Zwei Nachmittage werde ich die beiden noch brauchen."

Jutta überlegte, ob sie mit ihm noch einmal über Wietha und Axel sprechen könnte. Vielleicht erlaubte er, daß sie sich schrieben.

Hugo Bachmann kam ihr zuvor. „Wenn die Kosin nicht an so einen Mann geraten wäre. Sehen Sie zu, daß sie von ihm loskommt, es wäre schade um sie. Es steckt meistens ein Mann dahinter." Dabei sah er Jutta an und griente.

Woher soll Hugo von Kristof wissen, dachte Jutta. Sie hatte ihn erst zweimal gesehen.

„Minister Kristof", hatte er lachend gesagt, „ist ein gelernter Industriebäcker und seit einer Woche Ofenführer."

„Ein toller Aufstieg! Ich gratuliere", hatte sie ihm geantwortet, hatte sich umgedreht und war gegangen. Aber ob sie Holle suchte oder mit Fräulein Freund durch die Abteilung ging, immer fühlte sie seine Nähe. Hugo Bachmann sollte nicht tun, als wüßte er das. Er verabschiedete sich, während Juli Gänseblümchen pflückte. Die beiden Mädchen taten Jutta leid. Noch zwei Tage sollten sie nach ihrer Schicht hier arbeiten. „Wird euch das nicht zuviel?" fragte sie.

Festus rechnete anders. Heute Gruppenstunde, morgen FDJ-Schuljahr, übermorgen Gruppenversammlung. Für sie würde das flachfallen.

Jutta mochte das stille Mädchen, das zu den wenigen gehörte, die sich für Schwächere einsetzten. Selbst im Waschraum hatte sie versucht, Isso zurückzuhalten.

Während die Mädchen die Schränke schrubbten, ging Jutta mit Juli weiter. Bastel hatte sich verkrochen. Mit sieben, da muß ein Junge nicht mehr ausgeführt werden. Bastel mußte jeden Morgen drei Kilometer mit dem Fahrrad in die Stadt zur Schule.

„Ich glaube, Axel hat doch geschrieben", sagte Wietha.

Und Festus antwortete: „Manche Briefe kommen gleich in die Akte."

„Wenn man's rauskriegen könnte."

„Schreib ihm."

„Bloß wie?"

„Manchmal stellst du dich an." Festus hatte einen Plan. In dem Plan gab es eine Arbeitskollegin Anneliese. „Der gibst du die Briefe mit, und sie bringt dir die Antworten. Mach das nur, wenn die Timme im Dienst ist. Die Hallamat mit ihren Taschenkontrollen. Ob er mir ein paar Pferdebilder mitschickt?"

Hugo Bachmann war unterwegs, als Wietha und Festus ihm melden wollten: Auftrag erfüllt, Umkleideraum ist sauber.

Die Sekretärin nickte nur, um sie schnell wieder loszuwerden.

„Wir brauchen noch einen Zettel und einen Stift."

„Den Stift will ich wiederhaben!"

„Du rauchst, und zwar vorn, das kann ja jeder sehen, und ich verkrümel mich, okay?" sagte Wietha.

Sie schlug sich durchs Gestrüpp, verschwand hinter der Halle. Sie kroch in ein Gebüsch. Ob Festus einen Umschlag hatte?

„Alle sind gegen uns. Ich bereue nichts. Ich vergesse nicht, was war..." Stimmen störten. Aus Angst, entdeckt zu werden, bevor sie den Brief hatte beenden können, schrieb sie schnell weiter, daß Festus auf Pferdebilder wartete, daß er dafür einen Reim bekäme: *Hinter einem Eisengit-*

ter schlägt mein Herz und weint so bitter . . . Unter PS, an wen er zu adressieren hatte.

Jemand hustete. Wietha richtete sich vorsichtig auf. Sie spürte die Kälte im Rücken, ein Fuß war ihr eingeschlafen. Sie steckte den Brief unter einen Stein, schob Zweige zur Seite und schlich um die Turnhalle herum. Vor der roten Mauer, die von Gestrüpp umwuchert war, entdeckte sie Bastel. Mit Indianergeheul stürzte er den anderen Jungen nach. Wietha bahnte sich einen Weg vor zur Straße und ging zu Festus zurück. Die wartete schon. Als Wietha den Brief aus dem Versteck holen wollte, war er nicht mehr da. Sie rannte zurück zu Festus. „Er ist weg!"

„Quatsch."

„Bastel."

„Du spinnst. Was soll der damit?"

„Der sollte aufpassen. Wetten, daß die Hallamat ihr Söhnchen extra geschickt hat?" So war es auch mit David gewesen. Immer sollte er aufpassen, mit wem sie sich traf, wohin sie ging. „Wenn ich den Bengel erwische!" Sie liefen in die Richtung, in der Bastel verschwunden war. Dann entdeckten sie ihn. Er hockte auf einem Ast und warnte irgend jemanden. Aber zu spät. Die beiden großen Jungen sahen überrascht auf. Einer von ihnen war Detlef Beckers Sohn, der andere der Sohn der Köchin. Der war höchstens elf und Liebling der Mädchen wegen seiner langen Wimpern. Mit elf fanden sie Jungen noch süß und lachten, wenn sie kniffen.

„Gebt das her", sagte Wietha.-

Festus schimpfte mit Bastel: „Warum hast du das gemacht?"

„Ich bin doch Winnetou!"

„Ein Verräter bist du."

Er wischte mit dem Handrücken über die Augen. Er schämte sich. Festus hatte ihm einen Colt geschnitzt und ihm von Indianern erzählt.

Der Beckersohn begann zu lesen: „Lieber Axel!" Er durchbohrte das Blatt in der Mitte mit dem Zeigefinger und ließ es kreisen. „Du willst es wiederhaben? Was kriege ich dafür?"

Festus redete mit Bastel, der nicht wußte, was er falsch gemacht hatte. „Winnetou, mein Bruder Winnetou, hat sich geirrt. Der da ist kein Freund. Er ist ein räudiger Hund!" Festus wollte dem Jungen den Brief abnehmen.

„Wer mich anfaßt, kriegt's mit meinem Vater."

Festus war der Vater egal. Bastel wollte wiedergutmachen. Festus war sein bester Freund. Er sprang auf den Großen zu, riß ihm den Bogen aus der Hand und flitzte davon. Zum Glück kam ihnen Isso, die Festus und Wietha holen sollte, entgegen. Isso fing Bastel auf, schützte ihn und steckte sich den Brief in die Bluse. „Erzieherkinder", sagte sie abfällig.

Beinahe hätte ich mir mal wieder alles verpatzt, dachte Wietha. Wenn das rausgekommen wäre, daß ich ihm geschrieben habe. „Du hast mich gerettet, Isso, das werde ich dir nie vergessen."

„Jetzt weiß ich, warum ihr zwei so wild nach Sonderarbeiten seid."

„Aber Isso!"

„Jetzt bin ich eure Isso!"

Isso hielt Konny den zerknüllten Brief unter die Nase. „Heimlich Briefe schreiben, das nennen sie arbeiten."

„Maul halten, verstanden, oder verpfeifen wir uns neuerdings", sagte Konny.

Am Abend, als alle im Zimmer waren, sagte Konny: „Sag mal, spinnst du, Wietha?"

„Das könnt ihr nicht verbieten. Sie schreibt ja bloß", sagte Festus, „sie läuft nicht wieder weg, sie hat es versprochen."

Konny winkte ab.

„Du gibst dich dafür her, nur für deine dusseligen Pferdebilder", schimpfte Holle.

„Was machen wir nun?"

„Das müssen wir melden, is so. Sonst sind wir selber dran. Immer wegen Frolleinchen. Ich will mir meinen Urlaub nicht versauen lassen, bloß weil die ihm was vorsäuseln muß. Jedenfalls ohne mich. Macht, was ihr wollt. Wenn wir das decken, sind wir dran."

„Wir werden heiraten", wiederholte Wietha auf alle Fragen eigensinnig. „Er hat Angst um mich. Für andere war ich immer verdorben."

„Der ist ja raffiniert", mischte sich Isso ein. „Meine Mutter hatte mal einen ..."

„Axel ist ganz anders."

„Ihr redet und redet. Lest doch mal vor, was sie geschrieben hat", sagte Holle.

„Das dürft ihr nicht. Bitte nicht."

Konny sah verwundert auf. „Du bist hier nicht bei deiner Mutter."

Außer Isso saßen alle am Tisch, und wie in einer Leitungssitzung mit der Timme begann nun Konny den Bogen glattzustreichen, bevor sie las. Nach der Anrede machte sie eine kleine Pause, in der sie streng zu Wietha sah. Isso unterbrach sie nach wenigen Sätzen. „Die ist doch kopfkrank. Alles wegen einem Kerl. Hier drin reißen sich die Jungs um Frolleinchen. Wir riskieren unseren Urlaub."

„Ruhe da hinten!"

Den Ton fürchtete Isso. In diesem Ton verlangte Konny nämlich in der Versammlung, gib zu, Marita, du hast dich wieder mit einem geknutscht.

Wietha hatte den Kopf in die Hände gestützt, das Haar nach vorn fallen lassen und rieb sich verstohlen Tränen aus den Augen.

Holle sagte: „Du kannst schöne Briefe schreiben."

Konny sah ins Licht und kniff die Augen zusammen. Sie suchte durch die Wimpern den Fisch, von dem Wietha gesagt hatte, er sei immer da.

Allmählich wurde es im Zimmer ruhig.

„Schläfst du schon?" Konny richtete sich noch mal auf. „Wietha", rief sie leise. „Ich rede morgen mit der Timme wegen Axel."

„Nein.“

„Dann mußt du ihr alles erzählen!“

Wietha hörte noch, wie Konny sich hinlegte und auf die andere Seite drehte. Draußen kam Wind auf. Regentropfen klatschten ans Fenster. Für Axel war sie einmal das Mädchen, das mit einem bunten Fisch aus dem Regen kam.

9.

Jutta fühlte sich von Wietha beobachtet. Es war, als suche sie ihre Nähe, um ihr dann wieder ängstlich auszuweichen. Jutta vertraute darauf, daß Wietha eines Tages Mut zum Reden finden würde. Sie wünschte sich, es wäre bald. Ein Wochenende war eine gute Gelegenheit.

Der übliche Sonntagsnachmittagsspaziergang sollte ins Villenviertel hinunterführen, ein Stück durch die Stadt, durch den Park, zum Wald hinauf und zum Heim zurück.

Konny maulte. „Kann ich nicht hierbleiben, Fräulein Timmendorf?“

Sofort meldeten sich auch noch andere, die nicht mitgehen wollten. Aber im Plan stand Spaziergang, außerdem war frische Luft gut für sie, und allein durfte niemand zurückgelassen werden.

„Über den Weg können wir ja reden. Wenn ihr ihn verkürzen wollt, nur übers Feld und in den Wald, bitte, meinetwegen“, sagte Jutta.

„Wir wollen! Wir wollen nicht!“

Der Streit wurde laut. Jutta trieb die Mädchen aus den Zimmern und schloß hinter ihnen die Türen ab. „Wir gehen, und damit basta.“

„Es wird regnen.“

„Es wird gießen.“

„Ich habe keinen Schirm.“

Dann kamen die ersten und jammerten: „Ich habe keine Schuhe, Fräulein Timmendorf."
„Ich habe meine Hose gewaschen."
„Borgen dürfen wir nicht."
„In Trainingssachen wollen wir nicht."
Jutta winkte ab. Gestern abend hätte sie sich darum kümmern müssen, hätte den Fernseher ausdrehen müssen, alle in die Zimmer schicken und ihnen sagen sollen: „Jeder hängt, was er morgen anzieht, über seinen Stuhl." Wie im Kindergarten, dachte sie ärgerlich. Die ersten Tropfen fielen gegen die Scheiben. Nun hätte sie einen Grund, den Plan zu ändern. Sie stellte sich Karins Gesicht vor, wenn die im Gruppenbuch las: Spaziergang ausgefallen. Haben sie es wieder mal geschafft, wird sie denken.
Die Mädchen warteten auf Juttas Antwort. „In zehn Minuten seid ihr wieder hier, egal, wer von wem was borgt, Hauptsache, angezogen seid ihr, wenn nicht, fällt Kino heute abend flach." Sie schloß die Zimmer wieder auf. Die Mädchen zogen die Sachen aus den Schränken, probierten, warfen, was sie nicht brauchten, übers Bett. Keinem gehörte, was er trug.
Als hätte Jutta es geahnt, trafen sie Karin Hallamat, die gerade mit ihren beiden Kindern aus dem Wald herauskam. Am liebsten hätte Jutta alle kehrtmachen lassen, aber sie stürmten schon auf Karin zu, umringten sie schwatzend und lachend, obwohl Karin losschimpfte. „Was hast du an, und von wem ist diese Jacke . . ." Weiter kam sie nicht, denn Juli machte sich von ihr los. Sie fiel lang hin. Viele Hände hoben sie auf und wischten den Modder in die Taschentücher. „Nicht weinen!"
„Samthose bei dem Wetter", schimpfte Karin mit Festus. „Dein einziges gutes Stück. Andrea saut sie dir ein. Komm mir nicht, du willst eine neue."
„Fräulein Timmendorf hat es doch erlaubt", sagte Festus kleinlaut.

„Dann kann Fräulein Timmendorf mit euch einkaufen gehen."

Daß Karin sich ärgern würde, hatte Jutta gewußt, aber nun erschrak sie.

Da nahm Bastel sie an die Hand. „Darf ich bei Tante Jutta bleiben?"

„Du kommst her", befahl Karin ihrem Sohn. Da mühte sie sich monatelang, daß einer dem anderen die Sachen nicht abnahm, weil sonst die Gerissensten immer das Beste hatten, weil die Sachen verschlumpert wurden und die Eltern sich beschwerten, wenn Fremde trugen, was sie für die Tochter mitbrachten. Karin könnte die guten Gründe fortsetzen. Nur einmal nachgiebig sein, und man mußte von vorn beginnen. Diese Rede kannte Jutta schon. Sie fühlte den Druck in der Magengegend. Karin mußte denken, sie wäre inkonsequent, ließe sich austricksen, diese Absolventen hätten kein Stehvermögen. Sie fühlte sich entmündigt und sah in bedrückte Gesichter um sich herum. Bastel versuchte es noch einmal mit dem Bitten, aber Karin zog ihn hinter sich her. Sie war auch ihren eigenen Kindern gegenüber konsequent.

Als Karin und ihre Kinder außer Reichweite waren, tobten die Mädchen ausgelassen über das Feld. Manche liefen voraus und versteckten sich in den immer noch kahlen Sträuchern, um die Herankommenden zu erschrecken. Manche schrien Schlager gegen den Aprilwind, andere schleppten sich abwechselnd huckepack, und wieder andere krümmten sich vor Lachen über Laute, Grimassen und Sätze, die nur in diesem Augenblick komisch waren. Sie liefen kreischend aufeinander zu und wieder auseinander. Ausspinnen nannten sie das, und es steckte an. Manchmal spielte sogar Jutta irgendeine Rolle mit.

Ich mußte mit ihnen raus, dachte sie. Die ganze Woche sind sie in ihrer Brotbude. Besser die Borgerei als Streit, denn zwei Tage im Haus machten sie aggressiv. Hier draußen bauten sie die Aggression ab. Das würde sie Karin entgegnen, das hätte sie gleich tun sollen, aber vor den Mädchen sagen, das ist mein Dienst, da hast du dich nicht einzumischen, nein, vor den Mädchen nicht. Jedenfalls sind das meine Entscheidungen. Soll ich dauernd fragen, ob ich dies oder das darf? Sicher, ich mache Fehler. Aber ich bin keine Praktikantin. So darf sie nicht mit mir umgehen. Sie bemerkte Wietha nicht, die auf sie gewartet hatte.

„Was haben Sie denn, Fräulein Timmendorf?"

„Nichts."

„Ich sehe immer, wenn Sie sich ärgern."

Der einfache Satz tat ihr gut. Sie sah Wietha an, sah in ein offenes Gesicht. Wenn ich euch nicht hätte, dachte sie.

Wietha hängte sich bei ihr ein, lehnte ganz leicht ihren Kopf gegen Juttas Schulter und sagte leise: „Sie brauchen gar nicht so böse zu tun."

„Du bist ein Biest, Frollein Wietha."

„Endlich", sagte Wietha, „endlich sagen Sie auch zu mir du."

Jutta und Wietha faßten sich bei den Händen, und ihre Arme wurden eine Brücke, die sich über Pfützen spannte, über Feldstein und Grasnarbe. So liefen sie den anderen nach, überholten sie und ließen sie singend durch ihre Brücke ziehen. Als sie die Straße erreichten, hakten sie sich ein. Und-vor-zurück-zur-Seite-ran-und-eins, das alte Kinderspiel. Wietha war längst nicht mehr neben Jutta, aber doch irgendwo in diesem Mädchenhaufen waren sie beide. Wind kam auf, Regen schlug herunter, daß sie kreischend davonstoben. Jutta war sofort pitschnaß. Sie fühlte, wie ihr die Tropfen über das Gesicht rannen. Manche kamen bis in die Wimpern, manche rutschten in den Kragen. Es wurde ihr vom Laufen gegen den Wind warm. Sie lachte den Mädchen entgegen, die unter dem vorspringenden Dach der Pförtnerbude Schutz gesucht hatten. „Ihr Feiglinge", sagte sie und entdeckte Wietha, die still im Regen stand, das Gesicht erhoben, die Arme ausgebreitet, als wollte sie Tropfen sammeln.

„Eine arme Irre", sagte jemand, aber Jutta rief: „Verzähl dich nicht."

„Müssen Sie bei dem Mistwetter rausgehen?" Hugo Bachmann sprach so laut, daß die Mädchen den Vorwurf heraushörten.

Jutta sagte unbekümmert: „Das Wetter ist wenigstens nicht langweilig."

Hugo nörgelte. „Wie sollen bis morgen früh all die dikken Sachen trocken. Und wenn sich wer erkältet hat ...", sagte er. Diesen Satz konnte er nicht beenden, denn der Wind trieb ihm einen dünnen Strahl aus der herunterhängenden Dachrinne ins Gesicht. Er schüttelte sich und ging beleidigt davon.

„Also leise antreten und ordentlich gehen", sagte Jutta, machte ein Gesicht, das allen zeigte, auch dieses Händchen-in-Händchen-zu-zweit-mit-gesenktem-Kopf-Gehen gehört zu unserm schönen Spiel. Aus den anderen Gruppenhäusern sah man ihnen nach. Die Jungs pfiffen hinter ihnen her.

„Zuerst mal Sachen auf die Leine", sagte Jutta, als sie ihnen die Haustür aufschloß. „Dann kommt alle in den Tagesraum." Sie schloß gleich wieder zu und lief zu sich hinüber. Bevor sie sich selbst auszog und abrubbelte, setzte sie einen großen Topf Wasser aufs Gas.

„Wir machen Teefete", sagte sie im Tagesraum zu den Mädchen. „Räumt die Tische weg. Jeder holt sich seine Wolldecke runter, einer muß mit mir kommen und tragen helfen."

In einem Wassereimer brühten sie Tee. Jutta fand noch ein paar Zitronen in ihrem Schrank, dann schleppten sie alles zu den Mädchen. Als sie im Kreis auf dem dicken Tagesraumteppich saßen, eingewickelt in ihre Decken, schöpfte Jutta ihnen Tee in ihre Tassen. Dann setzte sie sich zu ihnen, schlug vor, jeder könnte mal erzählen, einen

Traum oder ein Erlebnis. Holle zog die Gardinen zu. Sie wärmten sich die Hände an den heißen Tassen und rückten enger zusammen.

„Ich habe ganz unwahrscheinliche Träume, Fräulein Timmendorf."

„Ich habe mal was erlebt."

„Drei Kinder möchte ich haben." Alle sahen zu Festus hin, die rot wurde.

„Ich ziehe sowieso aufs Dorf."

Niemand fragte, was das eine mit dem anderen zu tun hatte. Niemand dachte daran, daß diese Frage auch keinen Sinn gehabt hätte.

„Ich muß durch eine Straße mit vielen Schaufenstern gehen können."

„Mit Kinos und Diskos, und wo einen keiner kennt wie in Berlin, was?"

Die Berliner wurden munter. „Klar, da is immer wat los."

„So scheene wie bei uns is da nich."

Konny sagte: „Ich träume oft den gleichen Traum, Fräulein Timmendorf. Ist das normal? Ich erwache auf einer Wiese wie die Marie, die in den Brunnen gefallen ist. Ich wache also auf, obwohl ich schlafe. Das ist ja das Gemeine. Ich kann mir nicht sagen, reg dich nicht auf, Konny, ist ja nur ein doofer Traum. In meinem Traum bin ich hellwach. Da ist meine Mutter, die sagt, Konny, das weiße Haus dort gehört dir. Weißt du, wieviel Jahre ich dafür Toiletten saubergemacht habe? Und du hast dich geschämt. Ihre Hände sind blasig, ihre Knie wund. Jedesmal folge ich ihr. Wir betreten das Haus gemeinsam. Hinter uns schließen sich die Türen. Suche dir das schönste Zimmer aus, sagt sie. Die Zimmer sind alle schön. Da will ich mich zu ihr umdrehen, ihr sagen, Mutter, ich verspreche dir, ich laufe nie wieder zu Vater, und ich bummle auch nie wieder. Ich bin ja so schlecht, Mutter. Aber Mutter ist weg, und ich komme nicht mehr raus.

Türen und Fenster sind ohne Klinken. Wenn ich aufwache, bin ich richtig kaputt."

„Ich träume auch scheußliches Zeug", sagte Holle.

Daraufhin wurde es still. Konny durchbrach die Stille. „Ich möchte jetzt mal was anderes hören. Wietha, erzähl doch du das mal mit dem Regenfisch."

„Ihr wollt mich nur auslachen. Wenn man Konrad auslacht, kommt er nicht wieder. Konrad heißt er nämlich. Ich bin froh, daß ich seinen Namen weiß. Vorhin war er da. Endlich hat er mich gefunden."

„Warum haben wir ihn nicht gesehen?"

„Ihr habt euch keine Mühe gegeben."

„Aber wo war er?"

„In der Regenwolke. Da muß man ganz still sein und darf an nichts anderes denken, so wie ich, ihr habt es doch gesehen. Ich stand genau unter der Wolke, in der Konrad war. Wir haben uns begrüßt. Jetzt wird er öfter kommen. Ich muß vor nichts mehr Angst haben. Zu Hause war er schon zutraulich, da hat er sein Maul gegen die Festerscheibe gedrückt. Ich habe mein Gesicht von innen dagegengelegt. Ich habe mich mit ihm auch unterhalten. Konrad, habe ich gesagt, und da wußte ich, daß er so heißt, Konrad, ich lasse mich von Mutter nicht einsperren. Wenn mich Mutter geschlagen hatte, also wenn ich heulte, dann kam Konrad angeschwommen und verwandelte sie. Sie schimpfte nicht mehr, sie nahm mich in die Arme und tröstete mich. Sie küßte mir die Tränen weg. Das war erst recht nicht zum Aushalten. Da bin ich zu Axel. Manchmal hat Konrad mich auch da besucht. Konrad!" Wietha lief zum Fenster. Die Blicke folgten ihr.

„Er will, daß ich an Axel schreibe!"

Jutta war aufgestanden und an das andere Fenster gegangen. Sie schob die Gardine zur Seite, und auch sie legte ihr Gesicht an die Scheibe. Wietha hatte Jutta nicht bemerkt. „Einen Brief", sagte sie gerade. „Konrad will es. Haben Sie gehört, Fräulein Timmendorf. Was Konrad will, muß man tun."

Jutta ging auf das Spiel ein. „Ja Konrad, einen Brief. An die Mutter? Natürlich, Konrad, an die Mutter soll sie endlich schreiben."

„Ich habe," stotterte Wietha, „ich habe geschrieben, aber an Axel." Wietha blieb am Fenster stehen, als könnte Konrad ihr tatsächlich helfen.

Jutta ging die paar Schritte zu Wietha, nahm sie an die Hand und führte sie zu den anderen auf den Teppich zurück. „Du mußt deiner Mutter schreiben. Erkläre ihr alles!"

Es klopfte.

„Der Fisch", sagte Konny tonlos. Alle starrten zur Tür. Es war Hugo Bachmann, der hereinkam. „Was ist denn hier los?" Hugo merkte, daß er etwas zerstört hatte. Jutta suchte eine Tasse und schöpfte ihm den lauwarmen Rest ein. „Auf den Regenfisch", sagte sie. Dabei sahen sie sich wie Verschwörer an.

Hugo bat Jutta auf den Flur. „Kollegin Timmendorf, haben Sie sich die Zimmer angesehen?" Er machte eine Pause. Diese Jutta brachte es fertig, einen miesen Regentag zu einem Erlebnis werden zu lassen. Aber wenn zufällig Gäste gekommen wären. Er hätte sie in die beste Gruppe geführt, hätte gedacht, die Zimmer wären blank, die Betten glatt, die Wäsche in den Schränken ordentlich auf Kante. „Zeigen Sie mir Ihre Vorbereitung. Wo steht, was Sie gerade machen? Übrigens haben wir auch Stühle."

„So eine Gelegenheit, bei der die Mädchen offen erzählen, darf man nicht vorübergehen lassen."

„Aber die Abendbrotzeit, die lassen Sie vorübergehen. In fünf Minuten ist Ihre Gruppe im Speiseraum."

„Essen werden wir auch noch, ja, ja."

Die Küchenfrauen zankten mit ihr. Sonntags und zu spät kommen. Die anderen Gruppen waren schon beim Abräumen, sie wollten Feierabend haben. Jutta würde ihnen zwei Mädchen zum Helfen schicken. Sie stellte sich zu den anderen Erziehern, die auf dem Gang ein kleines Grüppchen bildeten, auf das Wetter schimpften und auf die Kinozeit warteten, dann war ihr Dienst so gut wie gelaufen. Man dachte schon an die freien Tage, die so einem langen Wochenende folgten.

„Einen ganzen Tag brauche ich jedesmal, um mich zu erholen“, sagte Mariechen, „die machen einen fertig.“

Jutta sah zu den Tischen, an denen ihre Mädchen saßen. Sie hätte alle umarmen mögen.

10.

Jutta ärgerte sich. Hugo Bachmann ließ sie nicht in Ruhe.

„Das Gruppenbuch fehlt, Kollegin Timmendorf!“

Beim nächsten Mal hatte sie einen Elternbrief nicht pünktlich beantwortet. Und mit dem Einkauf! Warum müssen es die teuersten Sachen für die Mädchen sein?

Jutta schlug die Tür hinter sich zu. Was wird er noch alles finden. Sie wird ihm sagen, wie ungerecht er ist.

„Ungerecht bist du. Ohne Hugo würde hier nichts laufen“, sagte Mariechen.

„Aber wie läuft es?“

„Ich kenne Hugo schon zwanzig Jahre. Er war Erzieher. Glaub mir, er hat Erfahrung.“

„Und wenn schon. Ich habe noch nicht mal zwanzig Jahre gelebt. Für mich sind zwanzig Jahre eine Ewigkeit.“

Einmal in der Woche leitete Hugo die Dienstbesprechung. Davor graulte sich Jutta auch an diesem Donnerstag. Sie überhörte den Vorwurf, setzte sich neben Karin und sah nicht in die Gesichter, die zu sagen schienen: So sind junge Kollegen, kein Mann, kein Kind, aber zu spät kommen.

Karin Hallamat schob Jutta einen Zettel zu. Hugo übergab Dette das Wort. Detlef Becker sprach lange über den

Krieg der beiden Länder, die man im Kreuzworträtsel nur durch den letzten Buchstaben unterscheiden konnte. Aber es war keine Geschichte, die er erzählte. Menschen starben. Dette rollte eine Karte auf.

Jutta verstand nicht, was Karin ihr zuflüsterte. Betrieb! Eingabe! Wietha!

Dette sprach über Moslems, über Macht, über Erdöl und Gewinne.

„Der macht das gar nicht schlecht", sagte Jutta zu Karin.

Hugo bedankte sich bei Dette und ging zur Wettbewerbsauswertung über.

Während Jutta den Zettel von Karin auseinanderfaltete, dachte sie, so müßten wir das den Mädchen erklären.

„Wir sollen uns verantworten."

Jutta las nur diesen einen Satz, den sie nicht verstand.

Karin schimpfte auf Wietha. „Die ist gerissen, ein hinterhältiges Luder."

„Wieso sollen wir uns verantworten?" fragte Jutta leise.

Sie schwiegen, weil Hugo vorwurfsvoll zu ihnen sah.

„Wie die Freund davon erfahren hat, ist mir ein Rätsel", sagte Karin. „Da kannst du mal sehen. Die Wietha lacht dich an und beschwert sich heimlich über dich. Anders kann es nicht gewesen sein." Karin tuschelte mit Mariechen.

Es schien, als hörte Jutta konzentriert Hugo zu. Woher wußte die Freund, was sich im Waschraum abgespielt hatte. Doch nicht von Wietha? Jutta malte in ihrem Heft die Karos mit schrägen Strichen aus und zog Kringel drum herum. Mariechen kicherte, weil Hugo wieder „Fludium" statt „Fluidum" gesagt hatte. „Das Wort muß er lieben", flüsterte sie über den Tisch.

Hugo sprach vom ersten Mai. Das war ein so großer Tag für den Jugendwerkhof wie der siebente Oktober und der Geburtstag des Johannes Falk. Zu dem zweihundertsten Falkgeburtstag hatte der Werkhof seinen Namen bekommen. Die Alten sprachen gern davon. Alle fünf Jahre wurde der rote Samt mit dem schönen Falkwort erneuert. Er hing an der Wand, auf die Jutta sah, links daneben der erste Mann unseres Staates, rechts Johannes Falk, der ein Dichter war und Erzieher wurde, weil er sich um die im Napoleonischen Befreiungskrieg verwilderten Kinder sorgte.

Erziehung zur Freiheit durch Erziehung in Freiheit. Dieser Satz hing hier nicht, und das verstand Jutta, das wurde schon an der Schule gelehrt: Redet nicht von Freiheit, wenn ihr die Türen verschließt! Hier stand ein anderer Satz von ihm. Er hieß: *Alles Almosengeben ist eitel und vergeblich, wo nicht die Erziehung des Volkes im Fundament verbessert wird.*

Hugo sprach eben von Schuld. „So etwas passiert in unserer Einrichtung, und der Direktor weiß nichts davon. Nicht genug, daß es passiert ist, es wird auch noch in die Öffentlichkeit getragen. Ich will wissen, durch wen."

„Ich war nicht in der Gruppe", sagte Karin, „aber wir haben den Vorfall ausgewertet. Ich verstehe Kollegin Freund nicht."

Detlef Becker regte sich auf. „Aber im Wettbewerbsbuch steht davon nichts."

„So kann man Monatssieger werden", stellte Klaus Winkler fest.

Hugo verlor die Beherrschung. Er sah Jutta an. „Ihr habt das vertuscht!"

Die Erzieher duckten sich. Jutta war wie betäubt.

Hugo dachte, daß ich mich immer so aufregen muß. Klaus Winkler würde am Abend über den Gartenzaun sagen, du machst es dir zu schwer. Von einem Jugendfürsorger war das leicht zu sagen. Der hatte sich um Berichte, Beurlaubungen und Entlassungen zu kümmern. Kein Vergleich zu seinen Aufgaben. Was seine Frau Heidi sagte, die beim Rat des Kreises arbeitete und den Werkhof nur zu seinen Feiern erlebte, das beunruhigte ihn. Du mußt abschalten können! Was ihm im Dienst noch mühelos gelang, sich ohne Übergang auf etwas anderes einzustellen, schaffte er nicht mehr, wenn er nach Hause kam. Er kontrollierte sogar den Sohn, der gerade von der Armee zurück war, daß Heidi vorwurfsvoll sagte: Du bist nicht im Heim.

Im Falkzimmer war es still geworden. Detlef Becker sagte: „Müssen die Dienstbesprechungen immer so ausarten, Hugo!"

Karin macht sich's leicht, dachte Jutta. Wenn Wietha etwas passiert wäre ... Die Aufsichtspflicht hat immer der diensthabende Erzieher. Sie hätte nicht zu Hugo gehen dürfen. Warum gibt sie das hier nicht zu? Warum fragt Hugo danach nicht? Jutta kamen Tränen. Sie dachte an Wietha und an ihren Regenfisch Konrad.

Juttas Konrad hieß Corax.

Jutta ist neun. Es sind Februarferien. Der Krähenbaum klopft an ihr Fenster. Jutta sieht, er wird vom Wind geschüttelt. Die Krähen sitzen wie schwarze Knospen in den Zweigen. Die Läden klappern. Ein Ziegel rutscht herunter und schlägt auf. Wäre sie nur, wie Mutter es wollte, in den Hort gegangen. Jutta sieht das Märchenbild aus ihrem Buch vor sich. Da fährt der Wind unters Dach, schüttelt das ganze Haus, bis es sich vom Erdboden löst und davonfliegt. Jutta drückt die Tür auf und läuft in den Garten. Sie wirft sich gegen den Wind, die Bäume drohen. Da liegt etwas Schwarzes auf einem Beet. Jutta läuft darauf zu. Das Schwarze ist eine Krähe, die ihr davonhopsen will. „Bleib liegen, hörst du, ich will dir helfen!" Aber die Krähe hat einen starken Schnabel und hackt um sich. Als Jutta sie packt, hackt sie ihr in den Arm. Jutta hält sie verweifelt fest und bringt sie auf den Boden. „Du dumme Corax", sagt sie und ist froh, nicht mehr allein in diesem klappernden Haus zu sein. Während sie mit Corax spricht, läßt der Wind nach. Sie buddelt nach Regenwürmern und kauft Vogelfutter. Nach den Ferien geht sie wieder Tag für Tag auf dem einsamen Parkweg zur Schule. Sie spricht mit den Krähen. „Bald kommt Corax wieder", tröstet sie die große Verwandtschaft. Wo Krähen sind, fürchtet sie sich nicht. Im

Frühling fliegt ihr Corax davon. Jutta zeigt Gustl stolz die Narbe, die ihr der scharfe Schnabel schlug. „Ich habe sie gerettet. Wenn ich rufe, kommt sie und bringt die ganze Schar mit. Du, wer mich ärgert! „Corax", ruft sie, „Corax." Und wirklich setzt sich eine Krähe direkt vor Jutta auf den Weg. „Corax", wiederholt sie froh. Als sie sich nach Gustl umsieht, sieht sie ihn davonrennen.

Hugo entglitt die Diskussion. Karin schob Jutta zum zweitenmal einen Zettel zu. *Falls wir uns nachher nicht mehr sehen, im Wochenplan steht heute ...* Als ob sie das nicht selber wüßte. Das Übliche war zu tun. Über den Satz: *Komm nach Dienstschluß noch zu mir hoch, wir müssen in Ruhe über alles reden,* ärgerte sich Jutta. Sie zerknüllte den Zettel und wünschte sich, ihr Dienst würde beginnen. Sie atmete erleichtert auf, als Hugo sagte: „Ich danke, Kollegen."

Die Taschen wurden gepackt. Was jetzt noch angesagt wurde, ging im Aufbruch unter. Jutta verließ als erste das Falkzimmer. Sie überquerte die Straße, ging am Speiseraum vorüber, an dem Dettes Jungengruppe herumstand und auf den Erzieher wartete, während inzwischen das Essen auf den Tellern kalt wurde. Aus der Gärtnerei holte sich Jutta einen Strauß Tulpen. An der Turnhalle traf sie Mariechen. Sie hakte sich bei ihr ein, aber Jutta machte sich frei. Laßt mich bloß in Ruhe, dachte sie. Sie sah sich nicht mal um. Selbst in ihrem Zimmer fühlte sie sich beengt. Deshalb zog sie die Jacke gar nicht erst aus. Sie füllte Wasser in die Vase, stellte die Blumen hinein. Dann griff sie ihren Beutel und verließ das Haus.

Was der Bachmann sich einbildet. Warum soll ich was vertuschen? Wir hätten den Wettbewerb sowieso gewonnen.

Jutta ging mit festen Schritten den Siebenstieg hinunter und spürte nicht die samtweiche Luft. Es summte und tschilpte um Jutta herum. Sie konnte atmen, so tief sie wollte, ihr wurde nicht leichter. Sie hatte Mühe, die Tränen

zurückzuhalten. Das hätte noch gefehlt, heulend durch die Straßen zu laufen.

Vor der Dicken Madam wurde sie angesprochen. Es war Kristof, der Mann im weißen Kittel, der sie am Arm festhielt. Beinahe hätte sie ihn nicht erkannt, denn in der Stadt trug er weder Weiß noch Kittel, er hatte Jeans an und eine Steppweste über dem Hemd.

„Aller guten Dinge sind drei“, sagte er, „oder wie oft müssen wir noch auf den Zufall warten? Nun glaube ich, daß es mit uns was wird.“

Daß er immer auftauchte, wenn sie nicht mit ihm rechnete!

„Die bösen Mädchen?“ fragte er mitfühlend.

Nun drückte das Weinen sogar auf die Stimme, so daß Jutta nur den Kopf schütteln konnte.

„Also der Freund?“

Jutta wischte sich mit dem Taschentuch über die Augen. Sie war wütend auf sich selbst. „Ach“, sagte sie, „mein Chef.“ Nun kammen die Tränen doch. Wie sie sich schämte. Aber Kristof nickte und sagte: „Das kenne ich, was denkst du, bei der Fahne, ich war ja nur achtzehn Monate, du, wir hatten einen Uffzi, das war ein richtiges Ekel.“

Sie gingen durch den Park. Er vergaß, daß er eigentlich hatte einen Fahrradschlauch kaufen wollen. Sie vergaß, daß Kristof eigentlich ein Fremder war. Er hörte ihr zu, als sie auf das Ekel Hugo schimpfte. Als sie zum drittenmal an der Dicken Madam vorbeikamen, sagte er: „Wir gehen lieber ins Cafe, ja?“

Jutta freute sich über den Vorschlag.

„Willst du Eis?“

Er bestellte, und sie zog die Hand nicht zurück, als er seine darauf legte. Wie warm dieser Tag war. Das Herz klopfte ihr bis in die Hand, oder war es sein Herzschlag, den sie fühlte? „Ich möchte“, sagte sie. Was er für helle Augen hatte. Seine Sicherheit verwirrte sie. Jutta, paß auf dich auf.

Er wartete immer noch auf ihre Worte.
„Einen Kaffee", sagte sie schnell.
„Ich möchte, daß wir uns wiedersehen", sagte er.
„Ich bin oft im Betrieb."
„Da nicht, Jutta."

Sie löffelte am Eis. Während sie ihm von der Schlagsahne abgab, dachte sie: Ich weiß nichts von ihm. Aber ich möchte, doch, ich glaube, ich möchte mehr von ihm wissen. Was er denkt und fühlt, was er sich wünscht, wovon er träumt, worüber er lacht, er kann schön lachen.

Sie wollte ihm endlich antworten, da öffnete sich die Tür. Jutta wurde bleich. Kristof drehte sich um.

„Das Ekel", sagte Jutta.

„Vater", sagte Kristof, stand auf und holte Hugo Bachmann an den Tisch. Hugo nickte Jutta freundlich zu. Kristof wollte ihr helfen, deshalb sagte er zum Vater: „Was bist du im Dienst für ein Ekel."

Hugo sah Jutta an. Das hielt sie nicht aus, denn es war der gleiche Blick, den sie an Kristof mochte. Die Augen waren auch so hell. Jutta fühlte sich durchschaut, denn Hugo fragte nicht erst, ob sie sich beklagt hätte. Er wußte es. Er lächelte. Das Lächeln flog von Hugo zu Kristof, von ihm zum Vater zurück und zu ihr hin, aber sie nahm es nicht an. Sie lief weg.

11.

Am Ersten Mai glich das Heim einem Rummelplatz. Schießstände waren aufgebaut, es gab einen Losstand, Geschicklichkeitsspiele, sogar eine Eis- und Bockwurstbude, einen Solibasar und Lautsprecherboxen für die Disko am Nachmittag. Höhepunkt sollte das Plündern des Maibaumes sein. An seinem Kranz hingen zwischen langen bunten Bändern Zigaretten, Schokolade, Briefpapier, Faserstifte, Bücher, eine Mundharmonika. Während Konny überlegte, wonach sie greifen würde, wünschte sich Wietha die Mundharmonika, obgleich sie wußte, daß sie keine Chance hatte. An diesem glatten Stamm würde sie es nicht einmal bis zur Hälfte hinauf schaffen. Festus interessierte, ob es auch Tier- oder wenigstens Märchenbücher dort oben zu holen gab. Die Jungs, die in ihrem Block ihnen gegenüber standen, stellten zur Schau, daß sie über solche Kinderspielchen längst hinaus waren. Man würde den Weibern zeigen, wer man war.

Hugo Bachmann sprach über den Tag. Feiern und kämpfen, Arbeiter in allen Ländern ... Er ging bis ins vergangene Jahrhundert zurück und erzählte von seinem Großvater. „Wer Sozi war, bekam die kniffligsten Arbeiten", sagte Hugo Bachmann gerade. „Solche Arbeiten waren das, bei denen er sein Soll unmöglich schaffen konnte. Das war Grund genug, ihn zu feuern."

Die Gesichter der Mädchen waren gespannt. Sie sahen zu Detlef Becker. Er hielt schon die Umschläge in der Hand, in denen Prämien steckten.

Hugo Bachmann war beim Schluß seiner Rede angekommen. Er stimmte die Internationale an. Detlef Becker trat vor. Als Konny aufgerufen wurde, klatschte die Gruppe wie wild.

„Für vorbildliche FDJ-Arbeit", sagte Dette. Neuer Beifall. Konny kam strahlend zurück. „Danke, Frau Hallamat, danke", sagte sie, und Jutta stand daneben.

Die Fanfaren beendeten den Appell. Trommeln. Rechts um! Der Jugendwerkhof marschierte geschlossen zum Stellplatz in der Stadt. Karin ging vorn mit den Erziehern in der ersten Reihe, hinter dem Direktor Hugo Bachmann, Detlef Becker, dem Parteisekretär, und Mariechen, der BGL-Vorsitzenden, würdevoll, die Mainelke im Knopfloch.

„Kollegen, seid wachsam, aber keine Wächter."

Diesen Satz hätte Jutta einem Hugo nicht zugetraut. Sie ging wie die Mädchen im weinroten Trainingsanzug in ihren Reihen. Niemand würde sie als Erzieherin herausfinden. Es gab noch mehrere auf diese Weise gut getarnte Erzieher, deren Anwesenheit allein genügte, um das Bild des Jugendwerkhofes in der Stadt so zu prägen, wie es geprägt werden sollte.

„Was das für scheene Mächens sind", sagte ein alter Mann.

„Früher war's das Lümmelheim", mischte sich wer ein.

„Dahinter können wir uns mit unserm Gammelhaufen verstecken", klagte ein Lehrer.

Ein Bürschchen löste sich vom Straßenrand, lief auf Jutta zu, ein paar Schritte neben ihr her und schob ihr einen Zettel in die Hand. *Die Heimat ist weit,* sie sangen gerade das alte Spanienlied. Die Mädchen sahen neugierig zu Jutta. Sie glättete den Zettel. Eine Adresse. Darunter stand in fetten Druckbuchstaben: *Ich liebe dich!*

Holle, die neben Jutta marschierte, kam aus dem Gleichschritt, weil sie nach einem passenden Reim suchte.

„Dreckig, speckig, Zahn verloren,
Pickelhaut und Segelohren."

Holle nahm den Schritt wieder auf. Vor dem Hotel war die Tribüne aufgebaut worden. Die Tücher schwenken, Augen rechts, das hatten sie oft geübt. Fräulein Timmendorf sollte ihnen das Kommando geben. Während die Mädchen die Tücher bereithielten, sah Jutta nach rechts. Am Sockel der Dicken Madam stand Kristof. Er winkte, als hätte er auf Jutta gewartet. Sie hob die Hand. Das Tuch flatterte und mit ihm hundert andere Tücher. Noch auf dem Heimweg flachsten sie darüber. Deshalb fiel nicht auf, daß Isso lange still war.

„Für Sie war der Zettel nicht."

„Was für ein Zettel?"

„Tun Sie nicht so. Ich weiß, daß Sie ihn eingesteckt haben."

Jutta faßte in die Tasche. „Ich habe ihn zerspielt."

Isso löste den Knoten, daß ihr Haar weich über die Schultern fiel, und Jutta begriff mit einemmal, sie war für dieses Mädchen eine Rivalin geworden. Das schockierte Jutta.

„Jutta", rief Mariechen, „was war denn mit dir los? Du hast Hugo die Schau vermasselt."

„Ich denke, du kannst alles, was Bachmann heißt, nicht leiden", sagte Dette. „Das nächste Mal steh ich am Sokkel."

Jutta antwortete nicht. Mit schnellen Schritten holte sie ihre Gruppe ein. Wietha und Festus nahmen sie in ihre Mitte. Festus sagte: „Wie sich unsere Mädchen an die Jungen ranmachen, da kann einem schlecht werden."

Wietha sagte: „Wenn Axel hier wäre." Sie fügte leise hinzu: „Ich weiß ja, Sie denken, es ist der Falsche."

„Es gibt keine Falschen und keine Richtigen. Man liebt immer den Richtigen. Sonst liebt man nicht." Daß Festus über Liebe sprach! Für Jungen interessierte sie sich nicht. Sie war schmal, aber zäh und stärkster Lehrling des ganzen Kreises.

„Festus holt mir die Mundharmonika vom Kranz", sagte Wietha. „Ich schaffe das sowieso nicht."

„Ihr ist immer schlecht, Fräulein Timmendorf, und richtig käsig sieht sie aus. Die müßten Sie mal zum Arzt schicken. Ich passe schon auf, damit sie nicht soviel raucht, aber essen will sie auch nicht."

Sie waren im Heim angekommen. Jutta hatte sich darum zu kümmern, daß das Mittagessen auf die Tische kam. Am Nachmittag stand sie in der Eisbude. Während sie die Groschen vom Teller nahm und das Eis in die Waffeln füllte, sah sie, wie der Maibaum geplündert wurde. Festus kletterte. „Weiter rechts", rief Wietha. Sie rief es noch einmal, aber Festus griff nach links, dann glitt sie herunter. Ehe sie sich zu Wietha durchzwängen konnte, um ihr die Zigaretten zu zeigen, war Wietha verschwunden. Festus suchte sie. Bei Jutta blieb sie stehen.

„Mal ehrlich, Fräulein Timmendorf, das nennt sich Freundin."

Als Wietha an die Eisbude kam, fragte Jutta sie nach Festus.

„Die blöden Zigaretten", maulte Wietha. „Zu mir sagt sie, ich soll nicht soviel quarzen."

„Geht es dir wirklich schlecht?" Während Jutta auf Anwort wartete, zählte sie Groschen und füllte Waffeln. Wietha sagte schnell und leise: „Ich bin schon lange über meinen Termin. Sonst hatte ich die Regel immer pünktlich."

„Zwei Kugeln, bitte Schoko, für meinen Freund auch", forderte ein Junge, der von den Schießbuden herüberkam.

„Wietha, Wietha, warte doch!" rief Jutta.

Diskomusik setzte ein. Klaus Winkler heizte mit seiner Flüstertüte die Stimmung an. Der Andrang an der Eisbude ließ nach. Jutta wurde ruhiger. Sie überlegte, was zu tun wäre, wenn es stimmte, was Wietha vermutete. Da merkte sie, daß sie beobachtet wurde. Es war Hugo, der nun zu ihr herantrat. Er legte einen Fünfziger auf den Teller und sah ihr zu. Ihre geschickten Hände gefielen ihm. Wie sicher sie in dieser Bude wirkte.

„Sie wären eine gute Verkäuferin", sagte er.

„Ich habe manchmal meiner Mutter geholfen."

„Das habe ich nicht gewußt."

„Sie wissen vieles nicht."

Hugo ging langsam weiter. Jutta wäre ihm am liebsten nachgelaufen, hätte gesagt, ich will ja alles richtig machen, aber es gelingt mir nicht.

12.

Jutta rechnete nicht mit Besuch, deshalb wunderte sie sich, als es klopfte. Noch mehr wunderte sie sich, daß es Kristof war, der vor ihrer Tür stand.

„Ich bringe Wietha", sagte er. „Sie ist uns umgekippt. Wenn das öfter passiert mit dem Umfallen, dann muß sie aus der Schicht."

Wietha war schon aus dem Auto gestiegen. „Ist nur halb

so schlimm", sagte sie. „Aber Herr Bachmann wollte mich unbedingt herbringen."

Sie ging zur Gruppe hinüber.

„Sie ist wahrscheinlich schwanger", sagte Jutta zu Kristof, als sie allein waren. Kristof spielte mit dem Autoschlüssel.

Jutta sagte: „Kommst du mit rein?"

Kristof lachte und erzählte. Er setzte sich auf die Liege, während Jutta Akten und Berichte zusammenschob.

„Setz dich endlich", forderte er sie auf.

„Eine Limo habe ich."

„Ich möchte mit dir reden."

„Über Wietha?"

„Über uns. Ich hätte dir gleich sagen müssen, daß ich der Junior bin."

Jetzt müßte er mich berühren, dachte sie, aber Kristof ging zur Tür und trat aus dem Haus. Die fünf Meter über den Plattenweg ging er mit leichten Schritten. Er stieg ins Auto, die Tür schlug zu, vorbei. Er startete, umsonst. Jutta lief ihm nach, ängstlich, er könnte abfahren, bevor sie ihn erreichte, bevor sie sagen konnte, ich freue mich, daß es dich gibt. Das Herz klopfte leicht und schnell, als sie zu ihm trat. Und alle schönen Worte flogen auf. „Soll ich dich anschieben?" fragte sie schließlich.

„Scheißbatterie", fluchte er und sah Jutta dabei an, als wüßte er von den Worten, die sich verwandeln konnten und davonschwirrten.

Am Nachmittag saß Jutta mit Wietha im Wartezimmer der Poliklinik.

„Wenn du wirklich schwanger bist", sagte Jutta, „möchtest du das Kind behalten?"

„Ich gebe es nicht her."

„Es wird schwer sein. Du hast keinen Beruf, keine Wohnung, keinen Mann. Wie willst du leben?"

„Ich werde es lieben."

Wietha war noch nicht wieder aus ihrer Kabine heraus, da wurde Jutta zur Fürsorgerin gebeten, die sie informierte, kurz und knapp: „Schwangerschaft wurde festgestellt, wenn abgebrochen werden soll, brauchen wir die Einwilligung der Erziehungsberechtigten, es soll doch abgebrochen werden?“

„Sie will es nicht.“

„Sie ist minderjährig. Sehen Sie zu, daß Sie das Mädchen überzeugen, oder ist die Mutter bereit, für das Kind zu sorgen? Der Vater des Kindes, ist der bekannt? Mit ihm ist sicher nicht zu rechnen.“

Das ist keine Fürsorge, sondern Gegensorge, dachte Jutta entsetzt und wunderte sich, wie weich die Stimme der Frau wurde, als Wietha kam. Besorgt sah die Fürsorgerin das Mädchen an, ließ sie reden und sagte dann sanft: „Wie du dir das vorstellst, verstehe ich natürlich, aber so einfach wird es nicht sein, du kannst mir glauben, ich kenne viele, die so dachten wie du und bitter enttäuscht wurden.“

Jutta sagte: „Wietha, ich muß deiner Mutter schreiben.“

Auf dem Heimweg sprachen sie von Herrn Winkler, der die offiziellen Briefe an die Mutter und an die Jugendfürsorge zu schreiben hatte.

„Fräulein Timmendorf, wenn ich nicht zur Unterbrechung will, kann man mich zwingen? Ihnen sag ich das, ich laufe sonst weg, verstecke mich, bis ich über den Termin bin.“

„Du mußt vernünftig sein. Du hast mit dir zu tun, ein Kind, was soll aus ihm werden?“

„Ein Mensch. Ich werde ihm Mutter sein, und Axel ist der Vater. Nun kann uns nichts mehr trennen. Wenn das Axel weiß, das darf ich ihm doch schreiben, ja?“

Die Mädchen warteten schon auf Wietha. Eine Kerze stand auf ihrem Nachtschrank, ein erster Rotdornzweig steckte in einer Milchflasche, sie überreichten ihr eine bemalte Glückwunschkarte mit Holles Reim:

Unser Frollein wird Mama.
Wenn alles klappt, bin ich bald da!

Wietha weinte, als Konny die Kerze anzündete.

„Wir halten zu dir", sagte Festus.

Diese Stimmung durfte Jutta eigentlich nicht zulassen. Du müßtest ihr die Illusionen nehmen. Sie wird entbinden, danach hierherkommen, ihr Kind muß ins Heim.

Alle rieten von der Schwangerschaft ab. Dann kam der Tag, an dem Mutter Traudel anreiste. Wietha sah den anderen nach, die in den Schichtbus kletterten und sagten: „Du hast es gut, du kannst, ehe deine Traudel kommt, noch eine Runde schlafen."

Gerade das konnte Wietha nicht. Was die Mutter hier alles erzählen könnte.

Wer in der Nacht wegläuft, wird aus dem Ferienlager nach Hause geschickt. Dafür sorgt Karola. Die Mutter rechnet noch nicht mit der Heimkehr, und so trifft Wietha einen Mann bei ihr.

„Ich fahre zu Oma", sagt Wietha trotzig. „Oma hat gesagt . . ."

„Sie hat schon David. Sei vernünftig, Kind."

Wietha knallt die Tür zu und verschwindet. Sie hört, wie die Mutter den Mann beruhigt. „Du bleibst, oder denkst du, ich bitte meine Tochter um Erlaubnis. Das bißchen Leben. Habe ich nicht ein Recht darauf?"

Wietha reißt die Tür auf. „Du bist meine Mutter, und der da soll sich wegscheren."

Er will erklären, die Mutter will erklären, aber Wietha stellt sich taub. Die Mutter hält den Mann, der das Zimmer verlassen will, fest. „Geh in dein Zimmer!"

Wietha rührt sich nicht. Da holt die Mutter aus und schlägt ihr mit der flachen Hand ins Gesicht. Wietha taumelt, aber sie fängt sich. Wortlos und bleich verläßt sie den Raum. In ihrem Zimmer schließt sie sich ein. Wenn sie Hunger hat, holt sie sich etwas aus der Küche. Sie malt und liest und schreibt und träumt, daß der Regenfisch zu ihr kommt und sagt, steig auf, Wietha, ich nehme dich mit. Es gibt eine Welt, in der die Farben wachsen, in der das Licht duftet und die Lieder wärmen. In dieser Welt finden Menschen ihre Träume, komm mit. Waren es zwei Tage oder drei, die sie so verbringt? Sie wartet ab. Die Mutter verläßt mit dem Mann die Wohnung. Ein paar Minuten Vorsprung gibt sie ihnen, dann hält sie nichts mehr.

Bei Axel ist sie nicht die frühreife Göre. Da kann die Mutter weinen und sie schütteln, bis ihr die Arme müde werden. Wietha läuft oft zu Axel. Gleich von der Schule weg, damit Mutter ihr nicht mit tausend Aufgaben kommen kann. Immer schiebt sie David vor.

„Meine Kleine“, sagt die Mutter.

Wietha macht sich steif, während ihr Herz trommelt, Dienstmädchen soll ich sein, Oma hat recht.

Bei Axel vergißt sie Mutter, Oma und David. Sie trägt das Haar offen. Das gefällt Axel besser, und gefallen möchte sie ihm. Bevor sie zu ihm läuft, macht sie im Park halt, holt Spiegel und Mutters Lippenglanz aus der Tasche. Am Kiosk probiert sie, ob sie wie sechzehn wirkt. Die Verkäuferin sagt, haben Sie es passend? Das Sie macht Wietha froh. Wie Axel sie ansieht, wenn sie zu ihm kommt . . . Das klingt und duftet und wärmt, wenn er sie berührt. Das darf ich doch, sagt er jedesmal, während seine Hand in ihrem Haar spielt.

Während sie auf dem Weg zu ihm ist, freut sie sich auf diesen Zauber.

Seine Tür ist nicht verschlossen. Gleich wird sie vor ihm stehen, sagen, na, wie gefalle ich dir, oder erkennst du mich nicht?

Wietha drückt sich fest an ihn. Seine Hände zittern.

„Du darfst alles“, sagt sie.

Seine Hände irren über ihren Körper, daß ihr angst wird. Sie sagt: „Du drückst mich“ und faßt ihm in die Hosentasche, um herauszuziehen, was sich störend zwischen sie schiebt. Kaum hat sie es berührt, fährt sie erschrocken zurück, aber nun gibt er sie nicht mehr frei. Sie drückt die

Augen zu und preßt die Lippen fest aufeinander. Es soll schön sein, alle sagen, es ist schön. Nicht schreien, denk an den Regenfisch. Axels Gesicht? Sie kneift die Augen schnell wieder zu. Sein offener Mund, Augen zum Fürchten, eine krampfige Stirn. Das nicht sehen müssen. Seine Hände, die aufknöpften und Verschlüsse aufzogen. Ihre Augen sehen ein buntes Muster, Blumen. Die Tischdecke. Wietha greift danach, ohne sie zu erreichen. Sie möchte sich hineinwickeln.

„Was du dir wünschst, das schenke ich dir", sagt er später. Sie antwortet nicht. Nun bekommt er Angst und bettelt: „Sag doch was, Kleines." Er läuft mit ihr durch die Stadt. „Sieh mal den Ring, oder möchtest du die Kette?" Er kauft und kauft, aber Wietha schweigt. Erst als er sie nach Hause schicken will, widerspricht sie. Er bittet und erklärt: „Zwischen uns darf das nicht sein. Unter sechzehn ist man noch Kind nach dem Gesetz, und ich bin schon so alt. Sie werden mich einsperren, das willst du doch nicht."

Die Mutter sieht Wiethas Gesicht und muß nichts fragen. Sie möchte ihre Tochter in die Arme nehmen. Aber Wietha wehrt sich trotzig. Da sieht Mutter Ring und Kette. „Dafür also!"

Wietha weiß, sie wird Axel nie verraten. Sie wird immer zu ihm zurückkehren. Sie hört nicht auf die Mutter, nun erst recht nicht. Mutter ist schuld, daß Axel sie zurückschicken muß. Sie will gar nicht, daß die Mutter mit ihr redet. Früher hat sie sich das gewünscht. Jetzt hat sie Axel. Sollte sie weinen und zur Lehrerin laufen.

Klaus Winkler empfing die Mutter. Am Gespräch nahmen außerdem Wietha, Hugo, Karin und Jutta teil. Die Mutter bestand auf Abbruch der Schwangerschaft. „Sie wird vernünftig sein", sagte die Mutter.

Woher sie die Sicherheit nahm! Ihrer Meinung nach war die Tochter nie vernünftig gewesen.

„Ich will mit Axel sprechen!" Dabei blieb Wietha.

Die Mutter weinte und schimpfte. Auf einmal sagte sie: „Ich verstehe, daß du mit Axel sprechen mußt. Wenn dein Axel das Kind unbedingt will, na gut, aber rechne nicht mit mir. Ich habe mit David zu tun. Er lernt schlecht."

Jutta atmete auf, während Klaus Winkler sagte: „Vom Rechtlichen muß der Vater in diesem Fall nicht um die Meinung gebeten werden."

Aber Karin schien froh über diese Wendung. „Wenn die Mutter das wünscht."

„Bis zum nächsten Wochenende muß das geklärt werden", ordnete Hugo an.

„Dieser Kerl soll kommen." Karin Hallamat schob sich bei diesen Worten die Ärmel ihres Pullovers hoch, was bedeuten sollte, den werde ich mir greifen.

Bei dem Gedanken, daß in ein paar Tagen Axel kommen würde, vergaß Wietha ihre Angst vor der Mutter, die unberechenbar war und beim Weinen erzählen konnte, was für ein Luder ihre Tochter war.

„Soll ich dir Kaffee brühen?" fragte Wietha.

Die Mutter nickte, und Wietha ging.

„Ich sage Ihnen, ich habe etwas durchgemacht, ich hatte schon keine Hoffnung mehr. Und der Junge. Ich mußte ihn zu seiner Großmutter bringen, weil sie sich nicht um ihn kümmerte."

„Brauchten Sie dazu Wietha?" fragte Karin.

Wietha kam zurück.

„Hoffentlich hast du mehr Glück, Wietha", sagte die Mutter beim Abschied.

Seit der Stunde, in der die Mutter mit einem Brief an Axel und dem Versprechen, ihn noch am selben Abend hinzubringen, zurückgefahren war, warteten Jutta und Wietha. Es kam ein Anruf, dann kam er selber. Die Jungs umlagerten seine Karre, die Mädchen sahen ihm sehnsüchtig nach. Hugo empfing ihn. „Sie müssen versprechen: erstens, das Mädchen nicht aufzuregen, zweitens, sie nicht zu unüberlegten Dingen hinzureißen, drittens, sich an die Hausordnung zu halten, viertens, fünftens, sechstens ..." Was Hugo alles vorbrachte.

Jutta wurde unruhig, während Axel mit dem Lederriemen seines Integralhelms spielte. Er war blaß. Als Jutta zu Hugo gerufen worden war, hatte Wietha gesagt: „Fräulein Timmendorf, heute ist der allerschönste Tag in meinem Leben. Beeilen Sie sich bitte."

Schweigend ging Jutta mit Axel durch den Park. Schon von weitem sah Jutta, wie die Mädchen sich an die Fenster drängten. Jutta wollte ihren Vorsatz, sich nicht einzumischen, wahrmachen. Anstandsdame zu spielen lag ihr nicht. Als sie die Haustür aufschloß, sank Wietha Axel in die Arme.

„Ich warte in der Kammer auf euch", sagte Jutta. Sie verließ den Raum, als beide endlich kamen, und ging durch die Zimmer. Die Mädchen saßen an den Tischen, lernten, manche lasen die Pflichtliteratur. Andere nutzten die Hausaufgabenstunde, um Briefe zu schreiben. Nur im Zimmer fünf wurde diskutiert.

„Das gönne ich Wietha", sagte Isso.

„Die hat's gut." Konny seufzte.

Holle sagte: „Die muß sich ganz schön zusammenreißen, wenn sie das Kind erst hat."

In diesem Zimmer fühlte sich Jutta wohl. Sie setzte sich und sprach mit den Mädchen darüber, welche Arbeiten man Wietha künftig abnehmen müßte, welche man ihr lassen sollte, um sie nicht zu verwöhnen.

„Rücksicht wollen wir nehmen, aber ausnutzen lassen wir uns nicht", sagte Holle, die nun zum erstenmal von zu Hause erzählte. „Denkt ihr, meiner Mutter hat einer etwas abgenommen, und die hat neun Kinder geboren."

Jutta ging über den oberen Flur, stand vor der Kammer und fand lächerlich, daß sie nicht wußte, ob sie anklopfen oder einfach die Tür aufmachen sollte. Wenn sie jemand so unsicher sehen würde. Während sie immer noch überlegte,

wie sie an ihren Schreibtisch kommen konnte, ohne verlegen zu werden, wurde die Tür plötzlich aufgerissen. Wietha stürzte auf sie zu und klammerte sich so fest an die Erzieherin, daß es schmerzte. Jutta brachte sie in ihr Zimmer. Wietha sagte mit fiebriger Stimme: „Alles ist aus, Fräulein Timmendorf, er hat eine andere."

„Na und", sagte Holle, „die schmeißt er doch raus, ehe du mit dem Kind kommst. Ein Mann kann nicht ewig warten. Hauptsache, er liebt dich."

„Die andere ist auch schwanger."

13.

Axel fuhr davon. Jutta lauschte dem Motorrad nach, hörte, wie es sich entfernte, dann wurde das Geräusch wieder stärker. Nein, er kam nicht zurück. Jutta ging ins Haus und bemerkte, sie war nicht die einzige, die Axel nachgeschaut hatte. Im Tagesraum wurden Gardinen bewegt. Jutta wartete einen Augenblick und sah dann Isso fragend an, die unbemerkt davonhuschen wollte und ihr direkt in die Arme lief. Jutta nahm Isso an die Hand. Als sie die Treppe hinaufstiegen, sagte sie: „Wir müssen ihr alle helfen." Die Mädchen waren schon dabei. Sie quetschten sich ins Zimmer fünf. Jutta bekam nur mit Mühe die Tür einen Spalt breit auf. Sie zwängte sich ins Zimmer und hörte Festus noch sagen: „Den müßte man einfach zwingen, der kann Wietha doch jetzt nicht sitzenlassen."

„Dem rücken wir auf die Bude. Dem bringen wir das Kleine hin, da muß er sich kümmern, von wegen einfach so, ich habe eine andere", sagte Holle.

„Das habe ich mal im Film gesehen", mischte sich Konny ein. „Sie haben dem Vater das Kind ins Bett gesetzt, ihm ein Schild umgehängt, auf dem stand, daß er dran ist, für das Kleine zu sorgen."

„Den habe ich auch gesehen. Und zum Schluß haben sie sich gekriegt."

„Montagsfilm. Hört auf damit."

„Erst mal muß Wietha das Kind kriegen."

„Ich will es nicht mehr." Wietha schluchzte ins Kissen.

„Darauf müßt ihr nichts geben. Die ist einfach fertig", sagte Konny und deutete mit der Hand an, verschwindet, wir kriegen das schon hin.

Jutta setzte sich an Wiethas Bett, während eine nach der anderen aus dem Zimmer schlich. Wietha drehte sich zur Wand. Jutta war hilflos.

„Gehn Se man", sagte Konny. „Ich mache Licht aus."

Jutta blieb noch eine Weile an ihrem Schreibtisch sitzen. Auf dem Flur wurde es ruhig. Manchmal klappte eine Tür. Als Jutta losgehen wollte, stand Holle immer noch auf dem Flur.

„Hör mal", sagte Jutta nur und lehnte sich wie Holle mit dem Rücken gegen das Treppengeländer. „Ihr dürft Wietha jetzt nicht allein lassen. Wenn ihr etwas passiert ..." Jutta drehte sich um.

„Was soll ihr passieren?" fragte Holle.

„Hast du noch nie gedacht, mach Schluß, Schluß für immer?"

„Ich habe es sogar probiert, Fräulein Timmendorf."

Jutta schwieg.

Jutta ist vierzehn. Ende der achten Klasse. Ihre Stirn ist picklig. Sie wehrt Mutters Hände ab, die ihr Haar zur Seite schieben. Sie hört Andrea zu, die sich nicht entscheiden kann, mit wem sie gehen soll. Der eine hat einen japanischen Rekorder, der andere entwickelt Filme selbst. Jutta sagt, wenn dir der eine nicht wichtiger als der andere ist, laß beide sausen. Rat geben kann sie. Deshalb kommen viele zu ihr, auch die Jungs, die sie nicht leiden kann, wie sie zu Hause erzählt. Zur Schuldisko tanzt sie nur mit Andrea oder gar nicht. Jutta weiß, wer mit wem möchte. Nur mit ihr möchte keiner. Dabei hofft sie wie die anderen Mädchen, daß der eine kommt. Dann ist es soweit. Sie steht vor der Schule. Gas, Bremse, so kommt er lässig angeschnurrt. Sie hat ihn vorher nie gesehen. „Steig auf", sagt er, „ich bring dich heim."

Jutta sieht Andrea an und begreift, du bist gemeint, nicht sie. Andrea dreht sich weg, weil sie lachen muß. Er läßt den Motor aufjaulen. „Was ist?" fragt er. Andrea findet ihn komisch. Sie zwinkert so ulkig hinter seinem Rücken. Da sagt Jutta ganz plötzlich: „Gelbe Mopeds sind doof."

Er fährt los. Eigentlich wäre sie doch gern mitgefahren. Aber Andrea sagt „Protzer". Jutta nickt dazu. Am nächsten Tag steht er wieder da und am übernächsten auch.

Hurra, hurra, die Post ist da! Das rufen sie Jutta nach. Das ärgert sie. Deshalb rufen sie es immer wieder. Auch Andrea. Eine schöne Freundin ist das. Manchmal wünscht sich Jutta in ihre alte Schule zurück. Warum mußten die Eltern umziehen? Jutta haßt alles Gelbe. Sie haßt alles an ihm. Das denkt sie jedenfalls und läuft ihm in die Arme. Sie erkennt ihn nicht gleich. Im abgetragenen Jeansanzug steht er da, die Jacke genietet, ein Rockerbild auf dem Rükken.

„Was ist mit deinem Moped?" fragt Jutta.

„Wird 'ne Weile dauern."

„Hast du es kaputtgefahren?"

„Gehn wir ins Kino?"

„Russisch. Ich muß pauken, ich komme dran."

Zu zweit betreten sie den verwilderten Park. Er denkt wohl, mit einem Mädchen im Park, da muß man ab und zu stehenbleiben. Jutta denkt das nicht. Er läuft ihr mit langen Schritten immer wieder nach.

„Du bist ein sonderbares Mädchen", sagt er nach einer Weile. Ein sonderbares Mädchen. Das klingt in Jutta. Andere sagen höchstens, du bist komisch. Jutta sieht ihm zum erstenmal ins Gesicht. Blauäugig ist er, mit einem Leberfleck über der Oberlippe. Sie sucht nach einer Deutung dafür, während sie erklärt: „Jeder Mensch hat etwas Sonderbares. Du entdeckst es nur nicht bei jedem." Nur bei dem, den du liebst, denkt sie und sieht zu den Bäumen hinauf, daß er ja nicht ihren Gedanken errät.

„Also gehen wir morgen?" Er holt damit ihren Blick wieder herunter.

„Hast du keine andere Jacke?" fragt sie und weiß, sie werden sie verspotten, wenn sie Jutta so mit ihm losziehen sehen. Das bringt sie ins Schwitzen.

„Moment mal", sagt er, „die habe ich von Dietmar, was mein Kumpel ist. Dietmar ist schwer in Ordnung."

„Dann geh mit deinem Dietmar los." Sie läßt ihn stehen. Aber mit Russisch wird es nichts. Ob er wiederkommt?

Er kommt, wenn es auch ein paar Tage dauert. Das sonderbare Mädchen freut sich. Gas, Bremse, wie gehabt. Wieder steht Jutta mit Andrea vor der Schule. Wieder sagt er: „Steig auf!" Aber Andrea dreht sich nicht lachend weg. Niemand ruft den häßlichen Postvers. Jetzt weiß Jutta, er gefällt ihr, er gefällt ihr sehr.

„Hast du ein neues Moped?" fragt sie.

„Das hat er umspritzen lassen. Gelb kann ich nicht leiden."

Sie versteht nicht, was das mit Andrea zu tun hat. Sie sieht beide aufsteigen und davonfahren. Jutta wünscht sich nur eins: Umfallen, tot sein.

„Ihr sollt das Wasser nicht trinken, es ist genug Tee da", sagte Jutta.

„Das ist Plürre!"

Holle rief Festus zurück, bevor sie die Zimmertür hinter sich zuziehen konnte. Sie kam.

„Mit der Flasche voll Wasser!"

Festus verdrehte die Augen und holte, wie Holle es verlangte, die Flasche aus dem Zimmer.

„Die bringst du wieder runter!" So hatte Holle ihre Geschwister regiert.

Als Festus zum zweitenmal die Treppe heraufkam, fiel Jutta auf, daß an ihrem Nachthemd eine Naht geplatzt war, daß Festus die Hausschuhe hinten runtertrat und vorn mit dem großen Zeh durchstieß. Sie war Holle in diesem Augenblick dankbar, daß sie das durchgehen ließ, denn daran, daß sie es bemerkte, daran zweifelte sie nicht.

Als im Treppenhaus wieder Ruhe war, sagte Holle: „Nicht daß Sie schlecht von meiner Mutter denken, aber als ich wieder vom Krankenhaus, wo sie mir den Magen ausgepumpt hatten, nach Hause kam, hat sie nur gesagt, du mußt noch mehr durchmachen, ehe du klug wirst. Hart, aber richtig finde ich das. Ich habe so etwas nie wieder versucht. Meine Mutter hat es nie leicht gehabt, verstehen Sie. Sie wollte, daß wir hart werden. Sie hat für meinen Vater alles aufgegeben, und er hat sie allein gelassen. Wenn es ihm einfiel, kam er zurück. Sie hat wieder nachgegeben, wieder ein Kind, wieder ist er mit 'ner anderen los. In der Zwischenzeit hat sie sich hochgearbeitet. Einmal war sie sogar Vertrauensmann in ihrer Abteilung und sollte zu einer Schulung von der Gewerkschaft aus. Das hat er ihr auch kaputtgemacht. Ich finde, mit Wietha, das ist gut so, daß sie schon jetzt weiß, wie sie mit ihm dran ist. Ihr würde es sonst mal ganz beschissen gehen."

„Aber . . .", sagte Jutta. Sie benutzte das Wort so oft, daß Holle sagte: „Sie müßten Abah-Timme heißen. Schade, daß Sie Erzieherin sind!"

Jutta hörte Schritte vorm Haus. Die Tür wurde geöffnet. Hugo Bachmann rief: „Ich warte schon seit einer Stunde auf Ihre Information."

Wieder mal hatte Jutta den Direktor vergessen. Sie wollte ihm schnell nach, aber Konny kam und meldete: „Wietha weint immer noch." Dann fragte Konny die Timme: „Kriegen Sie etwas ab?"

Um den beiden Mädchen zu zeigen, wie sicher sie sich fühlte, sah sie noch einmal nach Wietha, die wie im

Schmerz zusammengekrümmt unter der Decke lag, dann verließ sie hastig das Zimmer.

Auf dem Weg zu Hugo begegnete Jutta niemandem. Es war nicht mehr hell und noch nicht dunkel. Jutta mochte die Stunde nicht, die in den Sommermonaten auf einen Beschluß hin der Sonne voraus zu sein hatte. An diesem Tag war von Sonne ohnehin nichts zu sehen. Das Wasser stand nach dem langen Regenguß auf dem Asphalt, und der Parkweg war von Pfützen überzogen. Jutta legte sich den ersten Satz für Hugo, vom Freund Axel, der nicht wiederkommen würde, zurecht. Aber will sie ins Krankenhaus? Jutta dachte, ich an ihrer Stelle, ich würde mich jetzt erst recht auf das Kind freuen. Sie ging langsamer.

Als Jutta ins Falkzimmer kam, drückte Mariechen die Zigarette aus und sagte: „Da hast Hugo lange warten lassen. Dann mußt du dich nicht wundern, wenn er sauer ist."

„Ich bin nicht Karin. Ich renne nicht zu Hugo, nur weil es der Chef ist, und inzwischen dreht mir Wietha durch. Was dann?"

„Du hättest ein Mädchen schicken können, damit er weiß, es dauert noch."

„Stell dir vor, ich habe Hugo vergessen, richtig vergessen. Ich bin für die Mädchen da und nicht für Hugo Bachmann. Es wird Zeit, daß es ihm einer sagt, und zwar gleich. Ich kusche nämlich nicht vor ihm." Entschlossen lief sie über den Korridor, klopfte an Hugos Tür, drückte energisch auf die Klinke und prallte mit dem Kopf gegen das Holz. Sie rieb sich die Stirn. Ihre Wut verflog, als sie zum Falkzimmer zurückging.

„Hugo hat den Frühdienst in Dettes Gruppe übernommen", sagte Mariechen, „du kannst ausschlafen."

„Du verteidigst Hugo immer. Hugo sagt, Hugo will, Hugo wartet."

Mariechen griff Juttas Hand.

Von Mariechen hieß es, sie wäre das Herz des Werkhofes. Manche spielten auf ihren BGL-Posten an und setzten

„gewerkschaftlich“ vors Herz. Solche wie Mariechen machten Jutta verrückt mit ihrer Sicherheit. Die wußten alle Antworten, alle Lösungen, für die war alles klar.

Mariechen klopfte sich eine Juwel aus der Packung. „Wenn ich das doch lassen könnte. Ich habe gedacht, was man will, das schafft man. Ich schaffe immer weniger. Ich merke das und kann nichts dagegen tun. Was denkst du, warum ich hier sitze? Nicht deinetwegen. Ich habe Angst. Kleine beschissene Angst, nach Hause zu kommen und allein zu sein. Ich bin schon lange allein. Wenn ich im Bett liege, nur Kälte. Sie beginnt in den Füßen, steigt in die Knie, in die Hüften, bis sie mich ganz überzieht. Ich liege wie unter Eis und kann mich nicht rühren. Manchmal drehe ich das Radio laut, bevor ich mich hinlege. Nach solchen Nächten bin ich zu nichts fähig. Du weißt ja, das darf man sich nicht anmerken lassen. Erzieher sollen immer stark sein.“

Jutta dachte an Konny und Holle, die für sie eingesprungen waren. „Aber ...“, sagte Jutta. „Aber, Mariechen, du mußt daran denken, was du alles kannst.“ Jutta sprang vom Stuhl auf, lief zum Fenster und öffnete es weit. „Komm mal her, Mariechen!“ Jutta zog die Nase kraus und atmete tief. Sie schnüffelte noch mal kurz, bevor sie sagte: „Es duftet da draußen nach Sommer.“ Sie legte den Arm um Mariechens Schulter, als sie zu ihr trat.

Kurz vor Mitternacht trennten sie sich. Nur das leise Rauschen der Robinie und das Käuzchen waren zu hören. Da war es wieder, dieses Flüstern. Wieso schliefen die Mädchen nicht?

Bis in den unteren Flur kam Jutta unbemerkt. Aber die Treppe würde knarren. Schleichertimme wollte sie nicht werden. Die oberen Dielen knarrten, daß Jutta Herzklopfen bekam. Sie sah in das erste Zimmer. Leer. Das Fenster weit geöffnet. Die Gardine bauschte sich. Im zweiten Zimmer das gleiche Bild. Wenn die alle weg waren? Das wäre eine Gruppenentweichung. Die würde bis zum Ministerium gemeldet. Kommissionen würden anreisen, es würde Bestrafungen geben, für die Anführer Werkhofverlängerung und Arrest. Bettlaken fehlten nicht, Jacken hingen in den Schränken, Schuhe standen im Regal. Jutta lief weiter zum Zimmer fünf. Nur Wietha lag in ihrem Bett.

„Fräulein Timmendorf! Sie machen Beschließung, oben in der Schrägen."

Jutta verstand kein Wort.

„Vielleicht stimmen sie jetzt gerade ab", sagte Wietha. Ihre Stimme klang spröde. „Ich soll mir das Kind nicht nehmen lassen. Aber ohne Axel?"

Wietha saß aufrecht im Bett. Der Bademantel lag griffbereit über der Stuhllehne. „Gleich werden sie mich rufen. Dann muß ich schwören."

„Warum hast du mir das nicht gesagt. Ich habe an deinem Bett gesessen und dich gefragt."

„Und Konny? Immer war Konny dabei."

„Da wußtest du das schon?"

„Alle hören auf Konny. Sogar Sie haben sich rausschicken lassen. Dabei habe ich ganz fest geglaubt, Sie schicken Konny raus. Verraten Sie mich nicht, Fräulein Timmendorf. Bitte. Ich halte es nicht aus, wenn alle gegen mich sind."

Auf dem Boden waren Schritte zu hören. Die Luke wurde geöffnet.

„Du sollst kommen", rief Isso.

Wietha konnte vor Aufregung nicht in den Ärmel ihres Bademantels finden. Jutta half ihr. Sie ließ eine Minute vergehen, drückte dann die Luke auf, tastete sich zur Wäschekammer und daran vorbei. Mit einer einzigen Armbewegung schob sie den Deckenvorhang zur Seite. Sie wirkte auf die Versammelten wie ein Gespenst. Wie auf einem Podest saß Festus auf einem Stapel Matratzen und rauchte Pfeife. Links von ihr saß Konny, rechts Isso, und wiederum etwas tiefer Holle. Vor ihnen stand Wietha wie ein armer Büßer. Jutta mußte den Schreck nutzen, der in den Mädchen saß. „Ich wüßte gern, was hier vorgeht. Wer hat den Bodenschlüssel?"

Holle hob den Kopf.

„Bitte!" Jutta streckte den Arm in ihre Richtung aus.

Holle löste kleinlaut die Schnur, an der er hing, von ihrem Handgelenk. Der Schlüssel wurde durchgereicht.

„Wer hat die Kerzen besorgt?" Es war Zufall, daß Jutta zu Festus sah. Die fühlte sich ertappt. „Ich habe dir gleich gesagt, das fällt auf", sagte sie zu Holle.

Jutta vermutete, im Waschraum mußte es ein Versteck geben, und Zufall war das Wasserholen und -wegbringen also nicht gewesen.

„Umgang mit offenem Feuer . . .", sagte Jutta schroff. Den Rest des Satzes schenkte sie sich. Sie kannten ihn alle.

„Wieviel Kerzen sind es?"

„Zehn."

„Woher?"

Festus kaute auf der Unterlippe.

Jutta verstand nur Panzerschrank. Das genügte ihr, um „Diebstahl" zu sagen.

Festus fuhr auf. „So, so geht das nicht."

„Es ist alles meine Schuld", nun griff Konny ein. Sie stand auf und straffte sich.

„Das weiß ich", sagte Jutta. Sie mußte ihr zuvorkommen. Wie stürzt man einen Häuptling? Man nimmt ihm sein Volk. „Holle, nimm die Decken ab", befahl sie. „Festus, räum die Matratzen auf. Die Kerzen, Isso!"

Das Durcheinander nahm zu. Einige mußten aufstehen, einige mußten zur Seite, andere faßten zu.

„Wer fertig ist, geht runter."

Konny weinte. Sofort war sie wieder Mittelpunkt. Sehr leise begann sie zu sprechen. „Ich weiß nicht, was ihr von mir denkt. Ich weiß auch nicht, ob ihr mich verstehen könnt. Meine Mutter, ich habe das noch niemals erzählt, meine Mutter wollte Vater nicht heiraten. Die hatte einen ganz anderen gern. Was sollte sie machen? Ich war unterwegs, und sie hat keinen gefunden, der ihr das Kind wegmachte. Das Kind war ich. Ein Jahr später sind die Frauen einfach ins Krankenhaus gegangen. Als ich klein war, habe ich nicht verstanden, wenn sie sagte, sie muß an mir wiedergutmachen. Ich habe das später ausgenutzt." Konny schlug die Hände vors Gesicht.

Isso nahm sie in die Arme und wiegte sie. Konny zitterte. Da strich Isso ihr mit den Fingerspitzen die Arme hinauf bis zum Hals, von dort bis zum Nacken. Konny schloß die Augen und drückte das Gesicht in Issos Haar.

„Bring sie runter", sagte Jutta. „Wie oft habt ihr euch da oben getroffen?"

„Das erstemal, Ehrenwort, Fräulein Timmendorf."

„Ja, Ehrenwort!"

Isso schlug sich mit der flachen Hand aufs Herz.

Jutta merkte, Wietha wagte sich nicht zu ihr. Das war auch am besten. Jutta mußte zu ihr so schroff sein wie zu den anderen, um sie nicht zu verraten. „Tempo, Frolleinchen!" Sie griff Wietha sogar an den Oberarm und drückte ihn sanft.

Während Festus sagte: „Sie kann doch nichts dafür", fühlte Jutta, wie Wietha sich absichtlich gegen sie drückte.

Das Licht auf dem Flur lockte die Nachtwache an. Dette fragte von unten herauf, was los sei. Die Mädchen hielten den Atem an und wagten nicht, sich zu rühren. Detlef Bekker war streng, besonders dann, wenn es nicht seine eigene Gruppe betraf.

Jutta ging die Treppe zu ihm hinunter. „Ich habe selber noch mal nach Wietha gesehen, das Mädchen, du weißt doch, ich habe es dir extra ins Kontrollbuch geschrieben." Sie lief die Treppe hinauf, an den Mädchen vorbei, um das Licht in der Kammer zu löschen. Dette wartete auf sie. Während sie mit ihm hinausging, faßte sie in ihre Jackentasche und fühlte etwas Fremdes. Sie umschloß es mit der Hand und wußte, es war Wiethas bunte Glaskugel.

14.

Jutta verlangte eine Garnitur für Wietha.

„Auf Rechnung können Sie hier nicht kaufen“, sagte die Verkäuferin und musterte Jutta.

Was treibt dich in diesen Laden? dachte Jutta. Du bist ja verrückt.

Wietha strich über das Baumwollhemdchen, das auf einer Seite mit drei kleinen Silbersteinen besetzt war. Im Neonlicht funkelten sie wie Brillanten. Da sah Jutta Wiethas heruntergeknabberte Fingernägel und hätte am liebsten ihre Hand darauf gelegt.

„Sie ist aber teuer“, sagte die Verkäuferin.

„So eine ähnliche hat mir Axel geschenkt.“

„War die Kugel auch von ihm?“

„Wem sie geschenkt wird, dem bringt sie Glück.“

Jutta ließ den Kassenzettel schreiben und bezahlte. Dann hakte sie sich bei Wietha ein. „Das schaffen wir auch wieder, das mit deinen Fingernägeln, Wietha.“

Sie zogen und drängten sich durch die viel zu engen Straßen.

„Ich würde für Sie alles machen“, sagte Wietha.

„Dummkopf.“

„Wenn Sie in der Nacht nicht gekommen wären . . .“, sagte Wietha.

Jutta fiel ihr ins Wort. „Denkst du immer noch an Axel?“

„Wir lieben uns.“ Ich will daran glauben, sonst weiß ich nicht, worauf ich mich freuen soll, dachte Wietha.

„Lieben“, sagte Jutta. „Lieben ist ganz anders.“

Wietha sah auf. „Was wissen Sie denn von Liebe? In Büchern ist sowieso alles anders, Fräulein Timmendorf.“

Sie gingen langsam weiter.

„Sie haben keine Ahnung!“

Es war nicht jeder Tag mit Axel schön. Er kaufte ihr nicht nur teure Ex-Wäsche. Was ging das die Timme an! Wietha erinnert sich. –

Axel ist für seinen Betrieb unterwegs. Landbaukombinat. Er fährt einen großen Laster. Auf seinen Fahrten nimmt er sie nicht mit. Er darf nicht, sagt er und wird böse, wenn sie bettelt. Er schließt sie in seiner Miniwohnung ein. Wenn er zurückkommt, soll sie für ihn dasein, nicht daß er noch lange warten oder sogar suchen muß. Was zu essen stellt er ihr hin, den Fernseher darf sie anmachen, den Plattenspieler benutzen. Sie hat alles, was man sich wünschen kann. Andere in ihrem Alter, denen kauft der Freund ein Eis. Aber er wird in den Ex gehen, er ist nicht geizig. Mit der Schule, daß sie dort fehlt, das macht ihm Sorgen. Aber sie bummelt ja auch, wenn er sie nicht einschließt. Wer weiß, wo sie sich dann rumtreibt. Wenn er sie sich in einer Disko vorstellt. Das geht doch heute so: tanzen, trinken und raus in den Busch. Das soll ihm keiner ausreden. Da kann Wietha versprechen, was sie will, auch ihre Tränen helfen nichts. Mitnehmen! Was denkst du denn, was ich treibe, sagt er gereizt. Dabei hat sie nicht Angst, daß er sich eine andere sucht. Er kann nicht mit anderen. Er hat es ihr selbst erzählt. Wahrscheinlich ärgert ihn, daß er ihr das anvertraute. Er wird grantig, wenn sie davon anfängt. In der ersten Zeit war er ganz anders. Er wollte ihr nur ins Haar fassen und sie streicheln. Er hat sich noch richtig über sie freuen können. Manchmal hat er sie an den Ellenbogen hochgestemmt und sich lachend mit ihr wie im Tanz gedreht. Dann hat er sie langsam heruntergelassen und sie dabei fest an sich gedrückt. Natürlich hat sie gemerkt, was er wollte, und sich gewehrt. Wehren sollte sie sich. Das reizte ihn. Er wurde grob, wenn sie ihm nachgeben wollte, und er schlug sie, bis sie auf sein Spiel einging. Darüber redete sie mit niemandem. Wenn du meine Frau bist, sagte er manchmal. Dann hörte sie genau hin, wie sie werden mußte, um ihn halten zu können.

Wenn er zur Arbeit fährt, verschließt er die Tür. Zwei Tage allein sein. Am ersten Tag schläft sie viel, sieht Filme, legt Platten auf, tanzt, langweilt sich. Im Kühlschrank entdeckt sie eine kleine Flasche Korn. Sie mag keinen Alkohol. Nach dem letzten Fernsehkrimi öffnet sie die Flasche doch, schluckt hastig. Wieder eine Platte, wieder tanzen. *Der Papa wird's schon richten.* Was Rockiges findet sie nicht in Axels Sammlung. *Das Mädchen, das nichts anhat als den Gurt.* Solche Titel mag er. Das ist was für Kraftfahrer, das verstehst du nicht. Irgendwann schläft sie ein. Ihr ist schlecht, als sie aufwacht. Immer noch dreht sich die Zimmerdecke, das Fenster umkreist sie wild. Den zweiten Tag erträgt sie nicht in der kleinen Wohnung. Eine Stunde lang versucht sie, das Schloß zu öffnen. Geschafft. Sie taumelt hinaus, läuft durch Straßen. Wie ein bunter Falter läßt sie sich aus der Stadt wehen. Ihre Haut ist heiß, ihr Herz klopft schnell. An einem Prellstein der Chaussee zieht sie die Römerlatschen aus, die die Füße aufreiben. Sie berührt vorsichtig die schmerzenden Stellen. Ein LKW fährt langsam zu ihr heran. Axel! Sie vergißt in diesem Freudenschreck ihren Kummer. Sie stellt sich vor, wie er sagt, endlich habe ich dich gefunden, ich habe mir Sorgen gemacht. Sie löst sich vom Stein und läuft ihm entgegen. Axel, lieber Axel, will sie sagen, ich habe es nicht mehr ausgehalten, sei nicht böse. Zu spät erkennt sie, es ist nicht Axel. Ein Fremder will ihr helfen. Sie dreht sich weg. Sie braucht nur Axel. Sonst keinen. Sollen andere doch denken, was sie wollen. Axel. Was wird er tun, wenn er sie nicht findet? Nun steigen Tränen auf. Du hast mich enttäuscht, wird er sagen und sie zur Mutter zurückschicken wollen. Diese Farben in den feuchten Wimpern ... Sie wartet auf den Regenfisch. Der Asphalt ist warm. Sie hört Motoren und das Geräusch einer Sprengung. Sie hört auch einen Bagger. Axel kann nicht weit sein. Sie folgt dem Weg auf dem Grasrand und beachtet die Warnschilder nicht. Sie zwängt sich durch die Absperrung. Nun erst begreift sie, was Axel sagte. Es ist verboten, ich darf dich nicht mitnehmen. Unbefugten ... Sie liest es gerade wieder, sie ist unbefugt, aber sie sucht Axel. Sie tritt aus dem schützenden Grün in den von Ket-

tenfahrzeugen aufgewühlten Boden. Sie knickt um und stößt sich die Füße wund. Sie steht auf, wenn sie strauchelt, und läuft weiter. Nur aufgerissene Erde. Sie läuft den Geräuschen entgegen. Da rutscht sie in eine Senke. Auf allen vieren kriecht sie zum Rand hinauf und rutscht wieder ab. Und wieder sucht sie nach einem Halt, und wieder verliert sie ihn. Aber sie rutscht nicht bis ganz hinunter. Mit jedem Mal kommt sie ein Stück höher, aber nicht hoch genug, um herauszusteigen. Sie bleibt in dem Geröll liegen. Sie muß sich ausruhen. Wenn das Axel wüßte. Während die Sonne auf sie hinunterbrennt, stellt sie sich vor, wie er sich über sie beugt, wie er weint. Noch ein paar Jahre, sagt er, dann wird es dir mehr Spaß machen, aber ich brauche dich jetzt. Ohne dich ... Das sollte er nicht sagen, das sollte er nicht einmal denken. Sie konnte viel aushalten. Ich werde dich immer lieben. Die Sonne brennt immer noch herunter. Da hört sie ein Geräusch, das zu einem Dröhnen wird. Sie arbeitet sich dem Rand zu, verharrt, schließt die Augen. Das Dröhnen schwillt an, droht sie zu verschlingen. Ein Beben setzt ein. Sie öffnet die Augen. Über sich sieht sie ein großes Maul. Es schwebt zu ihr herunter, greift Schotter, hebt sich wieder, schwenkt ab. Verzeifelt versucht sie sich herauszuarbeiten, aber da kommt es schon zurück. Senken, greifen, schweben, drehen. Kein Entkommen. Sie wird von herunterrieselndem Kies getroffen. Noch einmal versucht sie, zu entkommen, erreicht den Rand, schreit, reißt die Arme hoch, bevor sie wieder heruntergerissen wird. Diese Sonnenfarben, Wietha, fürchte dich nicht. Sie lächelt dem Regenfisch entgegen. Sie spürt keinen Schlag, keinen Schmerz. Männergesichter, Hände, Arme. Sie kann sehen und hören und fühlen und schmecken. Ein Mann hält einen anderen zurück, der wütend auf sie loswill, das sieht sie. „Wenn sie lebensmüde ist, soll sie sich einen Strick nehmen", das hört sie. Sie wird in eine Fahrerkabine geschoben, und sie weiß, was folgt. Mutter wird sie wieder einmal vom Revier abholen müssen. Sie wird sich für die

Tochter entschuldigen. Aber diesmal irrt sich Wietha. Es ist Axel, der sie abholt, und zwar vom Betriebsarzt. Er spricht auf dem langen Weg nach Hause nicht mit ihr. Er wird sie bestrafen. Sie soll selbst sagen, wie. Sie reicht ihm den Lederriemen. Ja, sie ist undankbar. Er verlangt, sie soll das zugeben, und schlägt sie. Nach wenigen Schlägen wirft er sie auf die Liege und reißt ihr die Sachen vom Leib. Es geht bei ihm schnell vorbei, wie immer, wenn er sie vorher schlägt.

Für sie ist es überstanden. Sie lebt. Das wundert sie. Sie fühlt nichts, sie schmeckt nichts, sie sieht und hört nichts. Aber sie lebt.

In ihrer Akte steht das ganz anders. An das Wort *Gefährdung* erinnert sie sich. *Trotz aller eingeleiteten Erziehungsmaßnahmen.* Auch das hat Wietha behalten. In ihrem Bericht steht *sexuelle Verwahrlosung.*

Jutta ließ sich im nächsten Geschäft Reisetaschen zeigen. „Wietha, welche gefällt dir?"

„Die junge Dame", sagte der Verkäufer, „sie ist gerade gegangen."

Jutta lief hinaus. Von Wietha war nichts zu sehen. Ausgerissen? Du mußt sie finden.

Eine Streife kam ihr entgegen. Jutta wechselte schnell die Straßenseite und bog in eine Gasse. Sie wollte Straßen, Kneipen, Cafés gewissenhaft absuchen. Nach zwei Stunden gab sie auf und machte sich auf den Weg ins Heim.

„Bist du krank?" fragte Karin, als Jutta zu ihr in die Kammer kam.

„Wietha", sagte Jutta.

„So etwas darfst du nicht machen."

„Ich dachte . . ."

Karin fiel ihr ins Wort. „Da liegt sie."

Jutta verstand nichts.

„Du kannst dir denken, daß die anderen neidisch sind. Ich

erlaube ihnen nicht, im Ex zu kaufen, ihr bißchen Geld brauchen sie für andere Sachen."

Wietha war weg, und Karin erzählte solchen Unsinn.

„Schön ist sie ja", sagte Karin und wickelte die Garnitur mit den Silbersteinen aus dem Packpapier.

„Woher hast du die?"

„Woher? Jutta, was ist mit dir?"

„Wietha", sagte Jutta.

„Natürlich, von wem sonst?"

Jutta riß Karin die Garnitur aus den Händen und rannte zum Zimmer fünf.

Wietha lag im Bett und hatte sich die Decke über den Kopf gezogen. Jutta schrie sie an.

„Wir dürfen uns so was Gutes nicht kaufen", maulte Konny.

„Ich habe sie ihr geschenkt."

„Ich will sie nicht haben." Wiethas Gesicht war vom Weinen verquollen. Sie kroch unter die Decke zurück.

15.

Eine Neue wurde gebracht. Wieder war es Jutta, die sie von Hugo abzuholen hatte. Wohin mit ihr? Es war kein Bett frei.

Hugo ließ nicht mit sich reden. „Die hat schon in einer Zwiebackfabrik gearbeitet. Die kann ich nicht in die Gärtnerei stecken. Ihr entlaßt doch demnächst."

Demnächst, das war in einer Woche.

„Stellen Sie ein Feldbett auf."

„Vor der Toilette!"

„Dann legen Sie den Neuzugang der Kosin ins Bett, die geht doch für eine Weile ins Krankenhaus, das paßt gut."

Die Neue ging neben Jutta her. Blauäugig, mollig, rosig, ein Oberarm tätowiert: *Tod.*

„Ist es hier zum Aushalten?“ fragte die Neue.

Jutta redete nicht wieder von Kino und Ausgang und Taschengeld. „Das kommt auf Sie an“, antwortete sie.

„Weshalb bist du hier drin?“

Du hast ihr nicht mal gesagt, wer du bist, dachte Jutta unzufrieden. Kaum hatte sie die Tür aufgeschlossen, kam Isso.

„Fräulein Timmendorf, darf ich den Fernseher einschalten?“

Die Neue sah von einer zur anderen. „Sie sind Erzieherin?“ Sie wurde rot und stammelte eine Entschuldigung. Isso nahm ihr den Koffer ab. Während Jutta hinter ihnen herging, kicherten die beiden Mädchen. Die Neue trug das Haar kurz und aufgekraust. Lila im Blond.

„Woher kommst du?“ fragte Isso.

In der Kammer füllte Jutta Karteikarten aus. *Ilona Herzog, Bitterfeld.*

Holle schleppte Wiethas Tasche herein. „Wenn Sie nachsehen wollen? Inhaltsverzeichnis liegt obenauf.“

Jutta nahm ihr die Tasche ab und stellte sie vor den Panzerschrank. Während Jutta nach den Hausschuhen sah, nicht daß Wietha die alten Latschen einsteckte, musterte Holle die Neue. Zuerst sah sie jedem Mädchen auf die Fingernägel und dann auf die Schuhe. Danach wußte sie, mit wem sie es zu tun hatte. Über die Neue rümpfte sie die Nase. „In Wiethas Bett soll die? Nee, Fräulein Timmendorf, die nicht.“

Jutta wunderte sich, daß die Neue bei diesem Ton friedlich blieb. Sie ärgerte sich über Hugo, über Holle, über die Neue. Warum mußte die ausgerechnet heute auftauchen? Jutta hatte sich vorgenommen, mit Wietha zu reden. Nun brachte ein Neuzugang alles durcheinander. „Soll sie vielleicht auf der Erde schlafen?“

„Meinetwegen!“ Holle machte kehrt und schlug die Tür hinter sich zu.

„Ich schicke Sie wieder nach Hause. Wir haben keinen Platz", sagte Jutta.

„Bloß nicht", sagte die Neue. „Ich bin froh, daß ich erst mal hier bin."

Mit der stimmte wohl etwas nicht. Wer war schon froh hierherzukommen.

Die Neue packte ihre Zigaretten aus. „Man darf doch."

Jutta konnte das nicht fassen.

„Nicht?" Das war das erste, was Ilona Herzog nicht verstand. Aber sie regte sich nicht auf. Sie drückte die Zigarette aus und steckte sie in die Packung zurück.

Da Holle nicht wiederkam, blieb Jutta nichts weiter übrig, als die Neue selbst ins Zimmer zu bringen. Auf dem Flur kam ihr Wietha protestierend entgegen. „Da spielt sich nichts ab, Fräulein Timmendorf. Mein Bett verborge ich nicht." Wietha sah sich die Neue von oben bis unten an. „Aus Bitterfeld?" Isso hatte berichtet.

„Kennst du die Fernfahrerkneipe, die ‚Sieben Stufen'?"

„Aber immer!"

„Kennst du Stachel? Und Axel? Kennst du Axel Müller, den mit dem Laster?"

Nun wußte Jutta, Wietha wird sich nicht mehr gegen die Neue sträuben. „Dein Bettzeug, Wietha. Zusammenknoten und in die Wäschekammer bringen, was du nicht im Fach lassen willst, kannst du bei mir abgeben."

Nur leise murrend sagte Konny: „Wird Zeit, daß ich hier bald rauskomme."

Wietha rollte ohne Widerspruch ihr Bettzeug ins Laken. Für eine, die aus Bitterfeld kam und die „Sieben Stufen" kannte, machte sie sogar ein Schrankfach frei.

Jutta war froh, daß Karin ihren Dienst begann. Konnte sie sich endlich richtig um Wietha kümmern. Klaus Winkler hatte den schnellen Krankenhaustermin für sie besorgt und die Papiere fertiggemacht. Er bot ihr an, sie mit dem Dienstauto zum Krankenhaus zu fahren. Wietha sah ihn so enttäuscht an, daß Jutta vorschlug: „Ich bringe sie selber hoch."

„Etwa zu Fuß?"

Jutta nickte.

„Eine Stunde braucht man aber, den ganzen Ziegenberg hinauf."

„Sprich mit der Neuen, wenn du aus dem Krankenhaus zurück bist. Du kommst doch noch mal in die Gruppe?" fragte Karin.

„Das ja, aber ..." Jutta fiel ein, daß sie Festus versprochen hatte, mit ihr den Brief an das Referat Jugendhilfe zu schreiben, denn im November sollte Festus entlassen werden. Jutta hatte Festus extra auf diesen Abend vertröstet, denn sie mußte wissen, da gab es noch jemanden in der Gruppe, der auf sie wartete, wenn Wietha nicht da war.

Karin hatte das Aber überhört. Was sie von Jutta erwartete, war selbstverständlich. Wenn das nicht zu schaffen sein sollte. Karin verstand Juttas Angst um Wietha, sonst hätte sie gesagt, du vertust deine Zeit mit dem Weg ins Krankenhaus. Erziehung ist nicht nur Güte. Wenn man nicht streng sein kann, wird man scheitern. Jutta aber verläßt sich zu sehr auf Gefühle, dachte Karin.

Auf dem Weg zum Krankenhaus sprach Jutta vom bevorstehenden Ostseelager.

„Da ist ja Herr Bachmann", unterbrach Wietha sie.

Aber es war nur Kristofs Trabbi, der vor der Garage stand. Jutta faßte an einen Henkel der Reisetasche. So schlenderten sie friedlich zwischen den Urlaubern des Städtchens, die vom Waldspaziergang heimkehrten, grüne Zweige und Feldblumensträuße mitbrachten. Ein kleines Mädchen machte sich von den Eltern los und lief auf Wietha zu.

Jutta vermied alle Sätze, von denen sie vermutete, sie könnten Wietha aufregen. Sie übertrieb so, daß es Wietha auffiel.

„Ich habe keine Angst mehr, Fräulein Timmendorf."

Jutta hätte Angst. Das gab sie zu.

Wietha war schon öfter im Krankenhaus gewesen. „Wenn man mit denen im Zimmer auskommt, wenn die Schwestern nicht so ruppig sind ..."

Jutta warf nicht ein, wenn man krank auf Station gebracht wird, ist es etwas anderes. Aber du bist gesund, du kannst krank werden. Ahnte Wietha Juttas Gedanken? Sie machte sich Mut, indem sie die Timme tröstete. Sie sollte ihr glauben. „Vorigen Sommer noch", sagte sie, „bin ich in die Disko gegangen", aber ihr waren seitdem hundert Jahre vergangen.

Sie wurden angerempelt und vom Bürgersteig gedrängt. Ein Dicker grinste sie an. Wietha schob ihn mit einer einfachen Armbewegung aus dem Weg. „Bis zum Hals tätowiert war der, haben Sie das gesehen? Mir wäre das auch mal beinahe passiert, meistens machen sie das mit einem, wenn man voll ist. Dann wacht man auf, wie die Neue. *Tod.*"

„Will sie sich das rausmachen lassen?"

„Die werden wir schon dazu bringen."

„In der Schrägen? Wietha als der große Häuptling?"

„Quatsch. Ich werde gut mit ihr auskommen. Das merke ich gleich. Werden Sie sehen."

Wiethas Munterkeit verwirrte Jutta. War sie so oberflächlich, wie sie tat? Stimmte Karins Behauptung? Vielleicht würde Wietha nie mehr ein Kind kriegen können?

„Was haben Sie denn, Fräulein Timmendorf?"

„Du bist wohl richtig froh?"

„Klar bin ich froh, was dachten Sie denn?" Sie setzten die Tasche an der Dicken Madam ab und sahen den Tauben zu. Wietha wischte über ihr Gesicht. „Ich freue mich wie verrückt."

„Putz dir die Nase."

„Sagt Oma auch immer."

„Von deiner Oma hast du selten erzählt."

„Wenn die wüßte ..."

„Schreibe ihr doch."

„Ich bin im Werkhof! Das darf Oma nie erfahren. Nie! Die würde mir ein paar runterhauen. Aber die interessiert nicht mehr, was mit mir ist." Wietha stand auf und griff die Tasche. Bei Oma hatte sie alles. Aber manchmal gab es auch Streit. Meist Davids wegen und wegen der verdammten hundert Mark.

„Was macht dein Bruder?"

Wieso fragte die Timme ausgerechnet jetzt nach David? Oma hatte sie nicht verraten. Nicht mal David wußte, daß sie ihr Geld weggenommen hatte. Das sollte so bleiben. Eine Diebin, würde die Timme verächtlich sagen. „Was hat denn Herr Bachmann gesagt, daß ich doch ins Krankenhaus gehe?"

Wie kommt sie jetzt auf den, dachte Jutta. „Herr Bachmann wird froh sein", sagte sie.

„Und Sie, sind Sie's auch?"

„Was willst du hören?"

Die Filler überquerten sie auf der Schwiegermutterbrücke. Wieder mal setzten sie die Tasche ab. Mit den Unterarmen stützten sie sich auf das Brückengeländer und sahen dem Bach bis auf den Grund.

„David kann Forellen mit den Händen fangen. Geschickt ist er ja."

„Aber sonst?"

„Gerissen ist der. Und Oma merkt das nicht mal. Wenn ich mir eine Mark aus dem Portemonnaie nahm, das fiel gleich auf." Eine Mark, das konnte sie zugeben, das war noch kein Diebstahl. „Und dann mußte ich sie nachträglich verdienen. Altstoffe sammeln." Was sie der Timme auftischte. Kein Wort davon stimmte. Oma verzieh alles. Wietha war ihr Mädelchen, das ganz anders als ihre Tochter Traudel war. Eines Tages ... Wenn Oma von diesem Tag sprach, streichelte sie Wietha. Eines Tages wird deine Mutter bereuen. Am eigenen Kind hat sie sich versündigt. Bei dem Wort *Sünde* sah Wietha verlegen auf ihre Hände. Oma tröstete gleich. Was kann das Kind dafür, wenn es von der

Mutter nichts Rechtes lernt? Wenn du willst, bleib für immer bei mir. Wir machen es uns gemütlich, aber Wietha konnte nicht bleiben, nicht länger als zwei Tage, dann machte sie Omas Gerede verrückt. Sie wollte nicht mit ihr bis ans Lebensende in diesem buckligen Haus wohnen, den Schmetterlingen nachsehen und auf einen Prinzen hoffen. Selbst den würde Oma herorganisieren. Er würde Ingo heißen, und Oma würde sagen, weißt du noch, Wietha, du hast ihm schon damals Gedichte geschickt. Auf sie würde Oma aufpassen. David durfte den ganzen Tag rumstromern. Omas Liebling. Ich bin neidisch auf ihn. Wenn ich ehrlich bin, muß ich das zugeben.

„Deine Oma, die stelle ich mir gemütlich vor. Rundlich, resolut, aber herzlich. Sie kann gut backen und kochen und trinkt sonntags Eierlikör."

„Den macht sie auch selber. Ich sollte das von ihr lernen, aber als ich Fit mit Öl verwechselt habe, hat es Oma aufgegeben."

Du bist wieder nicht ehrlich, Wietha. Versuche es, erinnere dich an deinen letzten Besuch bei Oma genau.

David hat Geburtstag. Er ist acht Jahre alt geworden. Drükken läßt er sich nicht mehr von der großen Schwester. Sie gratuliert ihm, während er ihr aus der Hand reißt, was Mutter für ihn mitgegeben hat: einen Flitzbogen mit Pfeilen, die an den Spitzen Sauggummis tragen. Oma mag solches Spielzeug nicht. Sie schimpft mit David, weil er auf Wietha zielt. Wietha lacht über den Bruder, der sich einbildet, stärker als sie zu sein, sie ist fünfzehn. Er geht auf sie los. Diesmal schimpft die Oma mit Wietha, die vernünftig sein soll.

„Warum ist eure Mutter nicht gekommen?"

„Die muß arbeiten."

„Ihr habt eine Mutter!" Oma hat David einen Pulli gestrickt. „Eure Mutter kann das ja nicht", sagt sie. Oma hat David auch einen Zauberkasten geschenkt und hundert Mark. Für Wietha kauft sie jedesmal Bettwäsche. „Ein

Junge braucht ein Sparbuch, ein Mädchen eine Aussteuer. Auf eure Mutter kann man sich ja nicht verlassen."

Wietha ist die Aussteuer egal. Sie hätte lieber das Sparbuch mit dem Geld. Davon will Oma nichts wissen. Sie schiebt Wietha einen kleinen Schein zu. Zwanzig Mark! Wietha findet das ungerecht. David wird vorgezogen. Er merkt, die Schwester ärgert sich, und er reizt sie. Aber dann wird er zutraulich wie in alten Zeiten, als sie beide noch zu Hause bei der Mutter waren. Oma freut sich, daß die beiden Ruhe geben. David zeigt Wietha, wo Oma das Geld aufbewahrt. Es sind viele Scheine. Als David spielt, steckt Wietha einen einzigen davon ein. Nun hat sie auch hundert Mark. Wietha verabschiedet sich von niemandem. Sie kann sich alles kaufen. Lippenstift, die teuren Nahtstrumpfhosen mit dem eingearbeiteten Goldkettchen um das Fußgelenk. Wenn sie so zu Axel kommt! Aber erst mal muß sie in die Schule, also kauft sie Mokkabohnen, damit sie nicht allein in den Pausen auf dem Schulhof stehen muß. Der blaue Schein wird zu einem roten, zwei grünen und ein bißchen Klimpergeld gewechselt. In der Klasse verteilt sie Konfekt. Sogar die Jungen strecken ihre Hände aus. Das gefällt Wietha. Sie lädt alle in die Eisdiele ein. Ein ausgelassenes Völkchen tobt durch die Straßen. Soll sich die Nachbarin wundern, daß Wietha so viele Freunde hat. Als sie bezahlen soll, reicht das Geld nicht. Niemand, der ihr helfen kann, der helfen will. Er brauchte nur zu sagen, wir legen alle zusammen. Das kann Wietha nicht fassen.

„Deinen Namen! Adresse! Nachspiel!"

Als zwei Männer zu ihr nach Hause kommen, jammert die Mutter. Der Eisdielenbesitzer schimpft auf die Jugend. Der Fremde sagt, er solle es nicht schlimmer machen, als es ist, es sei ja nichts passiert. Er bleibt länger. Er kommt vom Referat Jugendhilfe, er ist Jugendfürsorger. Zum erstenmal hört Wietha *Heimerziehung.* Zum erstenmal ist es nicht die Mutter, die sagt, wenn du nicht hörst, Wietha, dann mußt du in ein Heim. Der fremde Mann ermahnt Wietha noch einmal. „Geh zur Schule!“ Er redet wie Oma. Sie soll vernünftig sein.

Wenn ich zu Oma könnte, dachte Wietha. Ich müßte mir ein bißchen Mühe geben, dann halte ich es auch aus bei ihr. Je mehr sie darüber nachdachte, um so größer wurde ihre Sehnsucht. Unter der Brücke plätscherte die Filler.

Jutta wollte weiter. Wietha rührte sich nicht. „Ich warte auf Konrad.“

Wie gut, daß Jutta ihn bei sich trug. Sie wollte ihr die Glaskugel in die Hand drücken. „Nimm ihn mit, deinen Konrad.“

Wietha griff nicht zu. Die Kugel fiel hinunter. Beide bückten sich gleichzeitig nach ihr und stießen mit den Köpfen zusammen. Ehe sie zufassen konnten, rollte die Kugel über den Brückenrand.

„Wohin ist sie gefallen?“ Wietha stieß die Frage hastig heraus, lief auch schon über die Brücke und stieg die Böschung hinunter. Sie watete durch den Bach. In der einen Hand hielt sie ihren hochgerafften Rock, mit der anderen tastete sie den Grund ab.

„Komm raus, Wietha!“ Jutta lief aufgeregt auf der Brücke hin und her. Schließlich stieg sie zu Wietha in den Bach. Die Kugel mußte zu finden sein.

„Fangt ihr Wasserflöhe?“

Publikum hatte noch gefehlt.

„Wir sind die Goldwäscher vom Fillertal.“

„Habt ihr was verloren?“

„Meinen Konrad!“ Wietha heulte los.

Weil Jutta wußte, der Mann konnte das nicht verstehen, sagte sie: „Eine bunte Glaskugel ist uns ins Wasser gefallen.“

Das verstand er auch nicht. Er ging.

„Komm, Wietha!“

Endlich hörte sie. Das Haar fiel ihr naß auf die Schultern.

Am Ziegenberg fanden sie einen Rasenfleck, auf dem sie sich abtropfen ließen. Die Sonne wärmte mild.

„Zurückholen vom Krankenhaus wird dich Herr Winkler mit dem Barkas. Da kann dir so etwas nicht passieren."

„Mich braucht niemand mehr abzuholen. Ich habe Konrad nicht mehr."

„Ich habe ihn gesehen."

Wietha begriff nicht.

„Dort unten im Wasser, dort, wo es strudelt. Da, jetzt wieder."

Wietha sah zwar auf das Wasser, aber Konrad entdeckte sie nicht.

„Der fühlt sich wohl im Bach. Das ist ein gutes Zeichen, Wietha. Denkst du, sonst hätte er sich reinrollen lassen?" Jutta fühlte, daß Wietha ihr wieder zuhörte. „Und siehst du den Schleier dort? Er steigt auf, Wietha, er hat es geschafft, und wir, wir Dummen, wollten ihn einfangen. Die Wolke, die kleine, sag bloß, die sieht Konrad nicht ähnlich?"

Wietha blinzelte zum Himmel hinauf.

„Hallo Konrad!" Jutta sprang auf und winkte.

Auch Wietha stand auf. Sie nahm die Tasche und ging den schmalen Pfad vor Jutta bergan.

In der Anmeldung des Krankenhauses wurden Wiethas Daten auf einen Bogen getippt.

„Wir sind ins Wasser gefallen", erklärte Jutta. Die Frau hinter der Schreibmaschine schüttelte den Kopf. „Nächstes Mal bringt ihr einen Erzieher mit."

„Ein nächstes Mal wird es nicht geben", sagte Wietha und ersparte Jutta umständliche Erklärungen.

Jutta nahm Wietha zum Abschied in den Arm und drückte sie fest. Sie strich ihr übers Haar, während Wietha flüsterte: „Und ich kann wirklich wieder in meinem Bett schlafen, wenn ich zurück bin?"

„Ich schicke dir Konrad. Wenn du aufwachst, ist er da."

„Es war doch nur eine bunte Glaskugel, Fräulein Timmendorf."

16.

Wietha fühlte sich verlassen. Dabei merkte sie, die Frauen hätten ihr zugehört. Vielleicht warteten sie sogar auf eine Geschichte von ihr, in der man ein kleines Mädchen bedauern müßte, die ungeliebte Tochter einer Traudel-Schwester, die Verführte eines verantwortungslosen Mannes, eines Perversen, das käme auf Wietha an, wie sie was erzählen würde. Das reizte Wietha sonst, sich bedauern zu lassen und zugleich die Überlegenheit zu fühlen, weil sie ihr alles glaubten. Aber hier zog sie sich die Decke fest über den Kopf. So sicher wie in ihrem Bett im Zimmer fünf fühlte sie sich längst nicht.

Wietha wischte sich ihr Gesicht unter der Bettdecke trokken. Wenn Axel jetzt hereinkäme, ich stünde auf und ginge mit ihm. Die Schwester kam mit einer Faustanspritze. Sie schob die Decke zur Seite und rieb die Stelle am Oberschenkel ab.

„Sie müssen sich entspannen. Ganz locker."

„Ich will keine Spritze!"

Die Frau neben Wietha im Bett sagte: „Sie bekommen alle am Abend vorher eine Spritze."

Die Schwester verließ Wietha kopfschüttelnd. „Die vom Werkhof machen immer Theater", sagte sie beim Hinausgehen.

Oma hat's gut, dachte Wietha. Die sitzt um diese Zeit im Sessel, wird die Beine mit Hepathromb einreiben, verbinden und hochlegen und doch Angst haben, es könnte eine Thrombose werden. Sie wird Radio hören. Oma kannte alle Sendezeiten. Die Hörspiele, Nachrichten, Kommentare, Außenpolitik, Treffpunkt Alexanderplatz, Stunde der Musik, Veranstaltungstips. Obwohl sie niemals zu einer Veranstaltung gegangen war, konnte sie sagen, die May, das ist doch die, die neulich bei den Soldaten gesungen hat, und der, na wie heißt er gleich, der die schönen Volkslieder verhunzt, der war schon wieder in der Stadthalle. Keine Feier ohne Meier. Dabei lachte sie, denn Meier hieß der garantiert nicht. Oma wollte keinen Plattenspieler, obwohl sie gern Musik hörte. Einen Fernseher wollte sie auch nicht. So ein Monster kommt mir nicht ins Haus. Damit setzte sie sich gegen Opa durch. An den Opa erinnert sich Wietha kaum, so klein war sie, als er starb. An einer Staublunge. Das hat sie behalten. Manchmal, wenn Oma von ihm erzählte, wurde er für kurze Zeit wieder lebendig. Opa, der knorrige alte Mann mit dem Kahn, in dem er Wietha über den See schaukelte. Er angelte vom Kahn aus. Wenn er zurückkam, roch er nach Schilf und Teer. In einem Frühjahr zeigte er ihr kleine Wildenten, die gerade geschlüpft waren. Wietha streckte die Hand nach ihnen aus. Ängstlich, ihnen weh zu tun, berührte sie ihren weichen Flaum.

Wietha stand auf und ging über den langen Flur zu den Toiletten. Sie kam am Schwesternzimmer vorüber und zögerte. Die strenge Stationsschwester saß am Schreibtisch und sah von ihrer Arbeit auf.

„Komm rein!"

Wietha setzte sich auf den Stuhl, der ihr frei gemacht wurde.

„Glaub mir, es ist besser so", sagte die Schwester, und Wietha wußte sofort, was sie meinte.

„Angst brauchst du nicht zu haben."

Wietha nickte nur. Die Schwester erklärte und hoffte, Wietha würde reden. Aber Wietha schwieg. Tränen liefen ihr übers Gesicht. Zellstoff wurde ihr gereicht.

Sie tun gleichgültig und sind so empfindlich, dachte die Schwester.

„Oma", sagte Wietha.

„Rufe sie an. Einer aus der Nachbarschaft hat bestimmt ein Telefon."

Sie suchten im Telefonbuch, und endlich hielt Wietha den Hörer in der Hand.

„Frau Leuschner möchte ich sprechen. Ja. Bitte holen Sie Oma."

Die Schwester nickte Wietha ermunternd zu.

Wietha konnte kaum sprechen, als sie am anderen Ende der Leitung die vertraute Stimme hörte, die doch ganz anders klang.

„Oma? Ja, Wietha." Wietha weinte, schluckte, kämpfte um jedes Wort. „Oma. Im Krankenhaus bin ich, ja, Oma. Deck das Erbsenbeet ab, Oma, morgen früh, Oma. Nein. Ja. Wikkel die Binden nicht so fest, Oma. Ja, das mache ich. Ich mache das wieder gut. Ja, ich freue mich." Sie schnaubte und schluchzte und weinte wieder. „Ja. Auf Wiedersehen." Wietha sah auf den Hörer in ihrer Hand. Die Schwester legte ihn auf die Gabel zurück.

„Oma kommt." Mehr konnte Wietha nicht sagen, mehr konnte sie nicht denken. Die Schwester schickte sie ins Zimmer zurück. Wietha kroch in ihr Bett und weinte sich wie ein kleines Mädchen in den Schlaf. Am Morgen, als sie in den Operationsraum geschoben wurde, war sie ruhig. Sie schloß die Hand zur Faust, wie der Anästhesist verlangte, sie zählte und fühlte, wie sich die Welt entfernte. Als sie aufwachte, lag sie in ihrem Bett. Sie erinnerte sich, daß es der Morgen war, an dem sie in den Operationssaal sollte, sie mußte verschlafen haben. Es dauerte, ehe sie begriff, es war vorbei. Vorbei. Sie schlief wieder ein.

Als Jutta im Krankenhaus anrief, schlief Wietha noch in der Narkose.

„Sie hat es hinter sich, es gab keine Komplikationen", sagte die Schwester.

„Alles gut überstanden", berichtete Jutta den Mädchen. Sie freute sich auf die Besuchszeit. Am liebsten wäre sie allein zu Wietha gefahren, aber sie scheute sich, das Konny zu sagen, die unbedingt mit ihr wollte. Karin verborgte ihr Fahrrad, und so radelten sie beide durch die Stadt zum Krankenhaus. Endlich wurden die Flügel der Glastür zur Station geöffnet. Jutta suchte die Schwester, um nach der Zimmernummer zu fragen. Sie war nicht die einzige, die sich nach Wietha erkundigte. Vor ihr stand eine kleine Frau mit weißem Haar.

„Mein Name ist Leuschner. Wietha Kosin ist doch bei Ihnen?"

Jutta zuckte zusammen, als Wiethas Name fiel. Die Oma!

„Sie dürfen Wietha nicht besuchen, Frau Leuschner", sagte Jutta. Dazu war sie verpflichtet.

„Ist ihr etwas passiert?"

„Aber nein", sagte die Schwester. „Wietha Kosin liegt hinten, ganz rechts."

„Erziehungsberechtigt ist Ihre Tochter, Frau Leuschner. Sie möchte nicht, daß Sie Wietha sehen. Das geht eindeutig aus der Akte hervor. Sie hat es verlangt."

„Von Ihnen verlangt sie das. Mir wagt sie so etwas nicht zu sagen."

„Sie sind in einem Krankenhaus", sagte die Schwester.

Die alte Frau mußte schon früh von zu Hause losgefahren sein, dachte Jutta, und sie wird erst spät zurückkommen. Für eine kurze Stunde mit Wietha. Aber Jutta sagte: „Sie hat für diesen Besuch keine Erlaubnis vom Referat Jugendhilfe." Sie versuchte streng und sachlich zu sein, aber sie dachte: Vielleicht kann Wietha zur Oma entlassen werden.

„Zu meiner Zeit konnten wir unsere Kinder nirgendwo abgeben. Ich habe sie gern genommen."

Darauf konnte die Schwester nicht antworten. Sie war für die Patienten da, nicht für ihre Besucher. „Bei uns braucht man so eine Erlaubnis nicht", sagte die Schwester kühl.

„Sie ist meine Enkelin. Ohne mich ist das Kind verlassen."

17.

Wietha kam aus dem Krankenhaus zurück. Sie fiel Jutta um den Hals. „Ich werde Sie nie mehr enttäuschen", flüsterte sie und legte eine Hand auf die Reisetasche, durch die sich das Profil einer Flasche drückte.

„Von Oma", sagte sie im Zimmer, als sie die Tasche auspackte und den Doppelkorn auf den Tisch stellte. Sie rieb Zeigefinger und Daumen gegeneinander. „Ein Scheinchen hat sie mir dagelassen, und da dachte ich, besorgst was, einen Grund finden wir schon."

„Und die Timme?" Isso stellte manchmal komische Fragen.

Sie wurde ausgelacht.

„Was ist schon dabei?" Wietha versteckte die Flasche in ihrem Wäschebeutel. Das wäre beinahe zu spät gewesen, denn die Timme kam. Wietha bestellte Grüße von der Oma und sagte: „Sie geht zum Referat, soll ich Ihnen bestellen. Sie will, daß ich wieder bei ihr wohne, wenn ich hier rauskomme."

„Dann kommt alles in Ordnung, Wietha."

In Ordnung? Wiethas Brust ist entzündet. Sie muß immer noch Mull vorlegen. Sie fürchtet jede Berührung. In ihrer Angst fühlt sie Knoten. Die Timme soll sie nicht so ansehen. Wietha wird ihr nichts davon erzählen. Aber die Timme ließ sich nicht täuschen. Sah sie tiefer?

Herzel kam im rechten Augenblick, um Wietha zum Waschen abzuholen. Im Waschraum fragte Wietha sie, ob man ihr etwas ansehe.

„Ich bin froh, daß du wieder da bist", sagte die Neue, die alle Herzel nannten.

„Wo sitzt beim Menschen die Angst?" fragte Wietha. „Sitzt sie in der Haut, in den Muskeln oder in den Knochen?"

Während Herzel die Dusche anstellte, sagte sie: „Soll ich dir den Rücken einseifen?"

„Und wo ist die Seele?"

„Wo soll die schon sein? Halte gefälligst still. Man muß den Menschen in die Augen sehen."

Wietha stellte die Dusche heiß. Sie dampften beide.

„Mir wollte schon mal jemand die Seele aus dem Körper prügeln. Auf meinem Rücken, faß mal drüber, das sind Narben."

„Wer war das? Dein Vater?"

„Fünf Jahre hat er gekriegt."

Konny trieb die beiden aus dem Waschraum. Holle sollte entlassen werden. Man mußte sich kümmern. Ihre Lieblingskassette war herauszusuchen, ein Geschenk zu besorgen. „Warum hilft mir keiner?" fragte Konny. „Neuerdings denkt jeder nur an sich. Wenn Isso nicht wäre."

Holle feierte Entlassung. Das verlief wie alle solche letzten Abende. Im Tagesraum gab es Diskomusik, Tanz, Tränen und tausend Versprechen der Mädchen und tausend Tips von Holle: Wie man kontrolliert. Wie man sich durchsetzt. Worauf man achten muß. Tob und Tausch und Treue. „Timme!" Holle traute sich einen Ton. „Fräulein Timmendorf!" Holle war vom Wein so mutig.

Jutta wandte sich ab. Betrunkene mochte sie nicht.

„Wollen wir unserer Timme helfen?"

Herzel nickte. Sie verließen mit ihr das Haus. In dem großen Topf, den Jutta sich für die Gruppe gekauft hatte, schwammen fünfundzwanzig Würstchen, die die Küchenfrauen rausgerückt hatten. Während Herzel in den Topf sah, als wäre das die wichtigste Sache von der Welt, sagte Wietha: „Mit geht es gut, Fräulein Timmendorf. Meine Brust ist wieder weich."

„Was sagst du?" Jutta sah fahl aus, als sie sich zu Wietha umdrehte. „Zeig!" Mit beiden Händen tastete Jutta Wiethas Brust ab. „Heb deinen Arm." Erleichtert sagte sie: „Hast du Schmerzen?"

„Nicht mehr."

„Dann zieh dich an. Ohne Befund, Patient gesund!"

„Das steckt wohl an“, fragte Herzel, „ich meine das Reimen.“

Sie tanzten zur Gruppe rüber, verteilten die Würstchen und tobten durchs Haus, bis Jutta schimpfte.

Nachts wurde Wietha wach. Jemand saß an ihrem Bett. Sie fuhr hoch.

Wietha erkannte Holle.

„Schluß mit der Tugend im Grab meiner Jugend!“ Holle sagte noch: „Kommt her, Kinders, Holle hat für euch alle Platz.“

Sie krochen zu ihr ins Bett. Wietha zögerte. „Herzel fehlt. Entweder mit Herzel, oder ich hole die Flasche nicht.“

„Herzel gehört nicht zu uns.“

„Sie gehört zu mir. Sie kommt sowieso in unser Zimmer.“

„Das bestimmst du?“

Festus verließ das Zimmer. Sie kam mit der verschlafenen Herzel und dem Doppelkorn zurück. Holle schluckte wie ein Profi. Ihr konnte keiner mehr was.

„Ich wollte nie wieder so etwas trinken“, sagte Herzel. „Irgend etwas passiert dann immer.“

„Hoffentlich passiert bald mal was!“

Wietha strich vorsichtig über Herzels Tätowierung.

„Ich trinke auch nie wieder. Das kann mich gar nicht reizen“, sagte Festus. Sie hatte Isso am Fenster abgelöst. Aber sie sah nicht auf den Parkweg, sondern in den Himmel. Holle warf ihr Zigaretten zu. Festus blies den Rauch aus, sah zu, wie er in die Nacht aufstieg.

Hinter ihr im Zimmer wurde es laut. Konny ließ sich von Isso den Nacken kraulen. Die Beine drückte sie gegen Wiethas Hüfte. Wietha lag in Herzels Armen, während Holle im Schneidersitz auf dem Bett hockte und die Flasche nicht aus der Hand gab. Herzel weinte.

Holle sagte: „Ich war gleich gegen die. Versaut uns die Stimmung.“

„Es regnet“, sagte Festus verwundert. Der Park schimmerte feucht. Nur Festus sah, daß er die Farben des Regenfisches hatte.

Holle lachte hysterisch. Plötzlich kippte sie nach vorn, rutschte vom Bett, war mit einem Satz am Fenster und erbrach sich. Für Festus versank die Landschaft. Festus stürzte sich auf die betrunkene Holle. Sie riß ihr die Flasche aus der Hand und kippte sie aus.

„Bist du übergeschnappt“, schimpfte Konny.

Holle phantasierte von einem Schlüssel und schlief ein. Konny fand den Schlüssel. Die Hallamat hatte ihn lange gesucht. Als alle schliefen, verließ sie mit Isso das Zimmer. Die Kammertür knarrte nicht. Konnys Augen waren an die Dunkelheit gewöhnt. Sie schob den Vorhang vorm Regal zur Seite und griff zu den Flaschen. Sie waren von der Feier im Tagesraum übriggeblieben.

18.

Der Abend, an dem sich Karin und Jutta nach Dienstschluß im Garten hinterm Haus trafen, war mild. Sie saßen unterm Birnbaum.

„Bestrafen müssen wir sie.“

„Im Tagesraum waren sie noch so lustig.“

„Ich habe die Flasche gefunden. Bei Festus.“

„Es ist ja nichts passiert.“

„Wer die mitgebracht hat, kriege ich raus, so was kriegt man immer raus.“

„Wietha. Sie war schon bei mir.“

„Wir hätten den Wettbewerb gewinnen können. So lange lagen wir vorn.“

Karin zündete ein Windlicht an und entkorkte eine Flasche Wein. Eine Stimmung kam auf, die Jutta an Lagerfeuern erlebt hatte. Für Karin bestand die Welt nur aus Schwererziehbaren und der Angst um den Mann in einem kleinen Land auf einem fernen Erdteil. Dort gab es ganz andere Sorgen. Ob man verhungerte oder überlebte.

„Wie weit entfernt wir von ihnen sind", sagte Karin.

„Wie nah", sagte Jutta, „wenn die Welt brennt."

„Der Hunger ist für diese Menschen schrecklicher."

Jutta verstand nicht, daß Karin Hallamat, die so sprach, die Mädchen in der Gruppe darauf trimmte, die Zahnputzbecher auf den Konsolen im Waschraum nach einer Linie auszurichten.

Karin reichte Jutta ein Wolltuch.

„Ich finde kleinlich, wie du die Mädchen trimmst", sagte Jutta.

„Wie willst du den Wettbewerb sonst gewinnen? Schuld kriegt immer der Erzieher, wenn die Gruppe hinten liegt."

Jutta trank vom Wein und hörte Karin zu. Das Windlicht spiegelte sich im Wein.

„Manchmal möchte ich wie du sein. Du bist konsequent, Karin."

„Wir sind beide ehrgeizig, beide dickköpfig, wir sind manchmal sogar aufeinander neidisch. Ich bin schon lange Gruppenerzieher. Ich bin gewohnt, zu entscheiden. Wer entscheidet, an den halten sich die Mädchen. Das war immer so, das wird immer so bleiben, dachte ich. Da kamst du. Ein knappes Jahr hast du gebraucht, und ich muß mich abstrampeln, damit ich nicht ganz weggedrückt werde. Ich habe den Trick nicht herausgefunden. Ich glaube, du hast gar keinen Trick gebraucht. So wie du dich gibst, so bist du wirklich. Ich muß dich ernst nehmen, oder ich verliere."

„Ich mache viel falsch. Ich brauche dich. Ich müßte doch wissen, was aus Wietha werden soll. Die hat eine resolute Oma. Bei dieser Frau hätte sie eine Chance."

„Sie kauft Schnaps. Was machen wir mit den Mädchen?"

Karin trank ihr Glas leer. Mit veränderter Stimme sagte sie: „Übrigens hört Fräulein Freund auf. Endlich."

„Ich war schon lange nicht mehr im Betrieb."

„Ihr Nachfolger wird Kristof Bachmann."

19.

Jutta und Kristof sahen sich oft. Manchmal brachte Jutta ihm die Gruppe, manchmal holte sie die Mädchen ab. Ihre Stimme zitterte nicht mehr, wenn sie mit ihm sprach. „Ich brauche die Beurteilungen von . . ." Sie zählte Namen auf. Und jedesmal erkundigte sich Jutta nach Wietha. „Ich möchte sie vorschlagen für die Leitungsarbeit." Was das bedeutete, mußte sie Kristof nicht auseinandersetzen. „Wenn sie gut arbeitet", sagte Jutta.

„Sie arbeitet wie alle", war seine Antwort. Jutta aber hoffte auf ein Lob. Ein gutes Wort von ihm für sie? Er ließ sich nicht aus der Ruhe bringen.

„Ihr könnt euch gar nicht vorstellen, was hier los ist. Ihr kommt mal her für eine Stunde."

Daß er „ihr" zu Jutta sagte, kränkte sie. Sie drehte sich schnell um. Aber er kannte ihre weinerliche Stimme schon. Er irrte, wenn er glaubte, Tränen trocknen zu müssen.

„Ich werde eine ganze Nacht bleiben und mitarbeiten", sagte sie. „Wirst schon sehen."

„Das wird mir wohl nicht erspart bleiben", sagte er und hielt sie in seinem Arm fest, wie sie es sich schon lange wünschte. Aber sie machte sich frei, denn Wietha tauchte auf, und das hätte noch gefehlt, die Erzieherin im Arm des Lehrausbilders. Jutta freute sich auf die Schicht, in der sie in Kristofs Nähe sein würde. Sie steckte Wechselgeld und Essenmarken in den Latz ihrer Hose, während Kristof in der Meisterbude auf sie wartete. Solche Buden kannte Jutta. Sie waren mit leichten Platten vom Produktionsraum abgeteilt. Neonlicht, Tabellen an Wandzeitungen mit Planziffern und Tagesproduktionen, Kaffeetassen, aufgerissene Kartons, Aufkleber, verkümmerte Grünpflanzen, der gute Wille zur Kultur. Und dann gab es in diesem Raum etwas Seltsames. Jutta bemerkte es schon beim Eintreten. Während Kristof auf sie zuging, verlor der Raum seine Enge. Er wurde weit und hell. Jutta blieb stehen. Erst als sie den Kittel probierte und die Kopfschutzhaube feststeckte, wurde sie sicher.

„Ach, laß das doch", sagte er, als sie ihr Haar zusammenband.

„Vorschrift ist Vorschrift."

„Und wohin soll ich?" fragte Jutta.

Beim Hinausgehen hielt Kristof sie an der Schulter zurück.

„Jutta", sagte er, „du mußt mir nichts beweisen. Ich glaube dir, daß du arbeiten kannst."

Sie folgte ihm durch die Abteilung, einen langen Raum, der begann, wo die Zwiebackstangen aus dem Einback vom Transportband genommen wurden, und er endete mit einem Transportband in der Verpackung, dort, wo die Kartons zum Versand in den Aufzug gestellt wurden. Zwei Mädchen rückten auseinander, um für die Erzieherin Platz zu machen. Hier waren sie es, die sicher waren. Links neben Jutta stand Festus, die zu der Frau an ihrer Seite sagte: „Das ist unsere Timme." Aber diese Frau, die mit Anneliese angesprochen wurde, sagte nichts dazu. Ihr war egal, was für ein Erzieher aufkreuzte. Für sie waren das Aufpasser. Die sollen zufassen können?

„Haste schlechte Laune oder was?" Festus erlaubte sich einen Ton. Isso rechts von Jutta erklärte, wie man frisch gerösteten Zwieback am schnellsten geordnet nach links und rechts zum Eintüten weiterschiebt. Scheinbar mühelos liefen ihre Finger über die Zwiebackscheiben, die als Stapel an den beiden Enden der Laufrinne in den Tüten verschwanden. Jutta versuchte, mit ihren Fingern so geschickt, fast spielerisch wie Festus und Isso neben ihr, sortierend über das Band zu gleiten. Sie fühlte durch die scharfen Zwiebackkanten und die rauhe Oberfläche ihre Haut rissig werden. Da erst fielen ihr die geröteten Hände der Mädchen auf, die immer öfter zu ihr rübergriffen.

Festus erzählte von dem Dorf mit dem schiefen Kirchturm und der Pferdekoppel hinterm Friedhof.

„Vielleicht nehmen sie mich dort. Die LPG braucht bestimmt Leute."

„Die heiratet den Ortssheriff und jagt uns davon." Isso lachte laut. Festus und heiraten. Vielleicht kann wirklich nur ein Sheriff mit ihr fertig werden. Jutta hörte nicht mehr zu. Warum fragte sie nach Wietha, warum dachte sie an Wietha, warum fragte sie nicht nach Ilona Herzog? Über sie gab es eine dicke Akte. Außer dem Beschluß für die Einweisung waren darin medizinische Gutachten, Analysen, Beurteilungen, Briefe des Vaters, Briefe der Mutter. Sie trugen einen Stempel neben der Anrede. Jutta wußte schon, solche Briefe kamen aus Haftanstalten. Der Vater saß wegen Körperverletzung, die Mutter wegen Unterschlagung. Es war Wietha, die sich immer um andere kümmerte und sie einwies. Noch hörten die Mädchen auf Konny, aber immer mehr wünschten sich Wietha zur Freundin.

Die Scheiben auf dem breiten Band begannen auf Jutta zuzuschwimmen. Dieser gleichmäßige Strom. Ob die Augen brannten oder ob sie sich die Finger aufriß, er floß und floß. Auch die Hände waren längst müde. Sich nur einen Augenblick strecken, nachgeben. Sie lachte nicht mehr über Isso, die Erzieherin spielte und sagte: „Na, Timmchen, welche Lohnstufe soll ich Ihnen heute geben? Einen Fünfziger Zuschlag oder Abzug vom Taschengeld?" Wie eine Neue, die man schonen muß, wurde sie zum Teeholen geschickt. Jutta war froh, daß sie Kristof nicht begegnete. Wenn der sie so kleinlaut davonschleichen sah. Nimm dich zusammen, dachte Jutta. Anneliese sah ihr nach. Sie hatten immer noch kein Wort miteinander gesprochen. Jutta ging durch den Einback und entdeckte Herzel, die wie Wietha an ihrem ersten Tag, das lange Messer in den Händen, Teig anschneiden sollte. Herzel arbeitete nicht, sie tanzte auch nicht dabei wie Wietha, nein, sie spielte. Ihr Spiel war gefährlich. Sie hob den linken Arm, drehte die Handfläche leicht nach oben und fuhr mit der Klinge, die sie in der rechten Hand hielt, wie mit einem

Geigenbogen über die Pulsader. Jutta stieg zu ihr auf die kleine Plattform. „Na komm." Sie nahm ihr das Messer ab. Herzel schmollte. „Macht es dir keinen Spaß?"

„Urst langweilig."

Sie rollte mit den Augen und krauste die Lippen. „Und außerdem, die Kerle sind so frech." Jutta konnte sich das vorstellen. Die lilablonden Locken schimmerten durch die Netzhaube, die Tätowierung wirkte erst richtig durch den weißen Kittel, der nur kurze Ärmel hatte. Logisch, daß sie auffiel. Aber sonst waren die Teigmacher harmlose Burschen, jedenfalls wenn der Meister in der Nähe war. Er begrüßte Jutta, erklärte Herzel zum soundsovielten Male, wie sie zu arbeiten hatte. „Versuch es", ermunterte Jutta sie, aber Herzel drehte ihr den Rücken zu. Jutta beeilte sich nun mit dem Teeholen. Als sie bei Festus und Isso ankam, waren sie zusammengerückt. Jutta wollte protestieren, weil für sie nun kaum noch Arbeit blieb, aber Isso stimmte einfach ein Lied an. Daß die singen konnte. In der Gruppe krächzte sie nur. Isso war für das Lied von der Zuversicht, daß Weiße und Schwarze gemeinsam die Welt ändern werden. Danach wünschte sich Anneliese die fließenden Brünnlein, weil sie die später einsetzende Stimme konnte, und dann wurde Festus' Lieblingslied, der *Kleine Cowboy,* gesungen. Auch die Frauen summten mit, ob sie tüteten, verklebten, stempelten, Kartons füllten, auch verklebten, abwogen und über ein Rollenband zum Transport schoben. Endlich entdeckte Jutta Wietha, die die Kartons vom Band nahm und in den Aufzug schob. Als Jutta in die Pause geschickt wurde, folgte sie dem Transportband bis in den Winkel, in dem Wietha arbeitete. Sie lachte ihr entgegen.

„Pause?" fragte Wietha und griff einen Karton. Den nächsten nahm ihr Jutta ab.

„Das lassen Sie man sein." Sie schob die Timme beiseite. „Nach meiner Pause komme ich mit rüber", sagte sie, während sie den Karton an Jutta vorbei zum Aufzug trug. „Sie können gleich hier durchgehen – und dann immer links."

Wie die anderen Frauen trank Jutta eine Tasse Kaffee in der Kantine. Konny, die auch gerade kam, holte ihr eine Bockwurst. Sie nahm die Haube ab und setzte sich zu Jutta an den Tisch.

„Sie sehen geschafft aus. Aber wir, wir mögen die Nachtschicht."

Isso kam herein. „Fräulein Timmendorf, wegen der Neuen, kommen Sie ganz schnell. Sie hat sich auf dem Klo eingeschlossen."

Kristof stand mit blassem Gesicht vor der verschlossenen Tür. „Aufbrechen", mehr konnte er nicht sagen, denn alles Rufen und Bitten war vergeblich gewesen. „Die will sich an die Pulsader."

Konny stellte sich Kristof in den Weg. „Aber, Herr Bachmann, dann dreht sie erst recht durch." Auf eine Konny hörte Herzel nicht. Wietha kam angelaufen, als gerade eine Scheibe zersplitterte. Jutta versuchte wieder, Herzel anzusprechen, umsonst. Es war Wiethas Stimme, die sie zu beruhigen schien. „Wer war es", fragte Wietha, „der Lange etwa?"

Jutta stand neben Kristof und zuckte zusammen, als Herzel losschrie: „Ich will nicht, ich will nicht mehr!"

Und wieder Wiethas beruhigende Stimme. „Er ist nicht hier. Du kannst aufmachen."

„Der Lange, der wird sie betatscht haben", sagte Konny leise.

„Wenn das stimmt", sagte Kristof, „dann kann er was erleben!" Jutta hörte, wie der Riegel zurückgeschoben wurde. Die Tür öffnete sich langsam. Mit wirrem Haar, verquollenem Gesicht stand Herzel da, die Hände vom Glas zerschnitten. Wietha wartete, bis sie bei ihr angekommen war, dann sagte sie völlig ruhig, als wäre überhaupt nichts Ungewöhnliches passiert: „Wasch dich." Ilona folgte willenlos. Isso brachte Verbandzeug. „Pflaster genügt", sagte Wietha. Es waren nur Kratzer.

„Hat er dir etwas getan?"

Ilona schüttelte den Kopf.

„Er ..." Ilona sprach leise. Leise hatte sie außer Wietha noch niemand in der Gruppe erlebt.

„Er ist auf mich zugekommen. Er hat dabei auf mich gezeigt und gelacht, nur gelacht, immer lauter, immer ..."

Sie weinte. Während Isso, die hinter Jutta stand, sagte: „Was ist schon dabei. Nicht mal angefaßt."

„Wie dein Vater, ja? Aber er ist nicht dein Vater. Der darf dir nichts tun, hörst du."

Ilona nickte und sah sich ängstlich um.

„Ich bringe sie nach Hause." Das schien Jutta am sichersten, aber Wietha sagte: „Ach wo, du gehst wieder arbeiten, ja?" Zu Kristof sagte sie: „Wenn ich bei ihr bleibe, Herr Bachmann. Das ist besser, als allein im Haus zu sein."

Jutta versuchte sich zu erinnern, was sie über Ilona Herzog in der Akte gelesen hatte. Von Mißhandlung stand etwas im Bericht, stimmte. Nicht ein einziges Mal hatte sie mit Herzel gesprochen. Es genügte ihr, daß Herzel sie anlachte, wenn sie sich begegneten. Die ernsten Gespräche hast du Wietha überlassen. Was bist du für eine jämmerliche Erzieherin. Wietha erzählte ihr leise, daß der Vater schrecklich lachte, wenn er auf Herzel zuging. Ich hätte das eigentlich wissen müssen, dachte Jutta.

Nach der Schicht traf sie Kristof in seiner Meisterbude wieder. Sie nickten sich zu. War noch mal gut gegangen.

„Siehst du, daß ich recht habe, wenn ich mich für Wietha einsetze?"

„Wenn du die anderen dabei nicht vergißt."

„Ich habe mir vorgenommen ..." Kristofs Vorwurf traf sie tief. Aber er sprach sich selbst nicht frei. Ohne Jutta hätte er vieles falsch gemacht. Er dachte nur daran, die Tür aufzubrechen und mit Gewalt das Mädchen herauszuholen. Der Schreck saß immer noch in ihm. Er wirkte blaß in diesem Neonlicht.

„Zeig mal deine Hände", er wechselte das Thema.

Jutta drehte die Handflächen nach oben.

„Brennen sie?"

„Ich habe gearbeitet wie alle."

„Ein bißchen besser schon." Er umfaßte ihre Handgelenke und zog Jutta zu sich heran. „Und deshalb schlage ich dich für die Leitungsarbeit vor", spottete er. Sie wollte sich frei machen. Da fühlte sie seine Lippen auf ihrer Haut. Sie suchten ihren Mund. Ihm war die weiße Mütze ins Genick gerutscht.

„Kristof", sagte Jutta und machte sich frei.

„Ja", sagte er. „Ich weiß, ich habe versagt heute." Da bemerkten sie Wietha. Sie stand in der Tür.

20.

Aus dem Haus Timmendorf kam Post. Eine Seite mit Mutters Handschrift, die andere vom Vater beschrieben. Auf beiden Seiten stand: Komm, wir haben Sehnsucht. Bei Mutter las sich das so: *Die Erdbeerernte beginnt. Ich backe eine Torte. Auch möchte ich neue Gardinen kaufen.*

Gardinen hatten sie, so lange sich Jutta erinnern konnte, immer gemeinsam ausgesucht.

Vater schrieb:

Der Spatz ist ausgeflogen, nun seht zu, ihr Alten. Die Alten haben das Nest renoviert. Glaub bloß nicht, daß sie die Flügel hängenlassen. Ein gewisser Dirk aus meiner Abteilung bestellt Dir Grüße.

Diesmal wollte sie die Eltern nicht vergeblich warten lassen. Obwohl viel zu tun war. Sie mußte sich um Herzel kümmern, denn Karin Hallamat wollte sie nicht mit an die See fahren lassen, weil sie noch zu neu war. Wietha sah ihr nach, wenn sie abends nach Hause ging. Sie blieb am Fenster, bis Jutta die Gardinen zuzog. Jutta fühlte die unausgesprochene Frage an jedem Morgen: War Kristof da? Manchmal dachte sie: Vielleicht wartet er auf mich, vielleicht hofft er, ich klingele bei ihm und bin da. Mal hielt er sie fest, als wollte er sie nie mehr fortlassen, und dann wieder ließ er sich nicht bei ihr blicken. Sie suchte nach einem vernünftigen Grund, um zu ihm zu gehen. Vorm Werkhof traf sie Mariechen mit Koffer und Reisetasche. Ein Mann stand neben ihr und suchte die Fahrkarten.

„Zwei Wochen Budapest", sagte Mariechen. „Ich habe Angst vorm Fliegen." Sie ersparte allen, den Mann Ernst vorzustellen. Jutta sah auch so, daß die beiden für diese Reise zusammengehörten.

Verrückt ist das, dachte Jutta. Vor ein paar Wochen war sie noch total am Boden. Vielleicht beginnt immer wieder etwas Neues im Leben.

Jutta stand vor Bachmanns Villa. Wenn Hugo öffnet, fragst du eiskalt nach Kristof. Aber es war Frau Bachmann, die in der Tür stand. „Kristof ist noch nicht zurück", sagte sie. „Er ist bei unserer Mutter. Sie ist dreiundachtzig. Sie traktiert ihn ganz schön. Er war schon von klein auf ihr Liebling."

Jutta hörte Frau Bachmann nicht zu. Hier also wohnte Kristof. Seine Jacke hing an der Garderobe. Frau Bachmann führte sie ins Wohnzimmer. Es war weiß gestrichen. Über der Couch hing eine Spitzwegreproduktion, an den anderen Wänden Schwarzweißfotos, auf Karton gezogen, in der Schrankwand standen Bücher. Nur Bücher.

„Setzen Sie sich."

Wenn er doch käme. Vielleicht saß sie auf Hugos Platz. Möglich, er saß hier, als er zu seiner Frau sagte, Kristof hat eine Freundin, leider ist es die Timmendorf, eine Quertreiberin, ein Wirrkopf.

„Hugo?" Frau Bachmann rief in den Flur. Hände und Gesicht ölverschmiert, so kreuzte er auf. Er fragte nach Kristof. Er sprach von einer Bremsleitung, vom Entlüften.

„Für Kristof hat er immer zu tun", erklärte Frau Bachmann. Da erst bemerkte Hugo Jutta.

„Einen Augenblick noch."

Jutta war einfach hier hereingeschneit. Die Lautsprecherbox! Jutta erinnerte sich, und sie fragte Hugo danach.

„Sie wird im Ostseelager gebraucht, warum geben Sie die nicht heraus?“ Sie erinnerte sich auch, wie die Erzieher darüber schimpften. „Hugo sitzt auf dem Zeug, als hätte er es selbst bezahlt.“ Wenn er ihnen den Rücken kehrte, dann wurden manche mutig. Zu ihnen wollte Jutta nicht gehören.

„Lagerfunk ist nicht mehr erlaubt. Für die Disko reicht die Anlage, die oben ist.“

„Sind doch vernünftige Gründe, nicht wahr?“ Frau Bachmann lächelte. Hugo kriegt jeden klein. Zum Schluß bist du es, der sich noch entschuldigt. Warum ließen Jutta diese dummen Sätze nicht los? Irgendwer hatte nach Dienstschluß im Falkzimmer seinem Ärger auf Hugo Luft gemacht. Der Irgendwer war Dette. Jutta fiel es wieder ein, weil Dette gegrient hatte. „Du bist jetzt dicke da, Jutta, bei dir muß man vorsichtig sein, du gehörst bald zur Familie Bachmann.“

„Sie denken, Sie wissen, was im Werkhof gespielt wird. Da müßten Sie sich öfter in den Gruppen sehen lassen und die Zuträger raussetzen.“

Hugo kniff die Lippen zusammen. Eine Absolventin. Die konnte Karin vielleicht zu schaffen machen, aber nicht ihm.

Jutta vermied, Namen zu nennen, wenn sie über Klaus Winkler, über Dette, Mariechen und Karin sprach, bis Hugo sagte: „Ich dachte, Sie und Karin Hallamat ergänzen sich beide.“

„Was Sie denken, hat zu stimmen. Ein Direktor irrt sich nie.“

„Was wollen Sie eigentlich? Ich kann Sie aus der Gruppe nehmen, wenn es gar nicht geht.“

Aus der Gruppe? Warum mich?

„Im Fall Kosin habt ihr beide ordentlich gearbeitet.“

Du nimmst mich nicht ernst, dachte sie.

„Wer bei Karin unten durch ist, der kommt nie wieder hoch." Jutta wurde laut. „Sie ist ungerecht zu Wietha."

„Och nee", sagte Hugo und vergaß seine gepflegte Aussprache. „Ich kenne Karin Hallamat schon lange."

„Sie lassen sich eben schon lange etwas vormachen. Wietha", sagte Jutta eigensinnig, „über die werden Sie sich noch wundern. Die kann schon jetzt mit den Mädchen prima umgehen." Jutta weinte fast. „Sie hat geschafft, was keiner von uns konnte, sie hat Ilona Herzog aus der Toilette geholt und beruhigt."

„Das können Sie mir alles morgen in meinem Büro erzählen."

„Und nun darf Ilona nicht mal mit zur Ostsee fahren. Das ist ein ganz armes Luder, und Karin läßt sie nicht mit", entgegnete sie.

Frau Bachmann kam mit einem Teller Stullen herein. Jutta sprang auf.

Niemand hielt sie zurück. Nie wieder wollte sie dieses Haus betreten. Sie rannte den Siebenstieg hinauf, bog in den Wald ab, verließ den Weg und verhedderte sich im Brombeergestrüpp. Als sie in ihrem Zimmer ankam, weinte sie immer noch. Jutta kühlte ihr Gesicht. Ich will ihn nie wieder sehen. Ich habe mich benommen wie eine dumme Göre. Sie fand keine Ruhe. Sie stellte das Radio ein, sie schlug ein Buch auf, sie kramte die Tasche aus, der Druck, der das Atmen erschwerte, ließ nicht nach. Du hättest sagen können, das habe ich nicht gewußt, als es um den Lautsprecher ging, warum hast du nicht gesagt, daß du dich mit Karin ausgesprochen hast, warum hast du geschrien, warum geheult, was soll der Quatsch mit Wietha und Herzel, warum, warum.

Kristof kam. Er erzählte vom Krach. „Deinetwegen", sagte er. „Ich habe mir das nicht angehört, ich bin gleich zu dir. Vater soll sich nicht einbilden, daß er mit dir umspringen kann, wie es ihm gefällt."

„Ich bin mit ihm umgesprungen."

„Du? Die kleine Absolventin mit dem großen Ekel?" Kristof ließ sich auf die Liege fallen und lachte.

„Das wurde mal Zeit, daß ihm einer die Meinung sagt, das kannst du glauben."

„Er hat sich gar nicht gewehrt. Ich hatte eigentlich überhaupt keinen Grund. Was deine Eltern von mir denken müssen."

„Die sind Kummer gewohnt."

Damit war für Kristof das Problem gelöst. Er bewohnte in der Villa der Eltern zwei Zimmer im Keller, die durch das Gefälle des Hanges richtige Fenster mit Ausblick auf die Blumenecke des Gartens hatten.

„Ich hätte es dir gern gezeigt", sagte er und beschrieb Jutta, wie sie vom Hof her, von den Eltern unbemerkt, zu ihm kommen könnte. „Das Modellflugzeug unter der Zimmerdecke, das fällt dir gleich auf. Poster, Bücher, Bastelkram, Unordnung. Wenn du kommen willst?"

„Nie wieder!" Sie kniff die Augen zu und schüttelte den Kopf. „Eine dumme Göre bin ich." Sie konnte nicht weitersprechen, denn Kristof, der auf sie zugegangen war, nahm sie in die Arme und verschloß ihr den Mund mit den Lippen. Sie standen in der Mitte des Raumes, eng umschlungen.

„Ich habe oft von dir geträumt."

„Aber . . ." Jutta fühlte seine Hand auf ihrer Haut.

„Aber du bist nicht gekommen."

„Ich bin doch da."

Jutta fühlte durch ihr dünnes Kleid seine Wärme. Sie knöpfte ihm das Hemd auf und legte ihr Gesicht auf seine Brust, dort, wo das Herz laut klopfte. Sie fühlte es mit der Stirn, dem Augenlid, der Schläfe, der Wange, den Lippen.

„Du hast ein großes Herz", sagte sie.

„Und du hast ein schönes Herz", antwortete er und entdeckte das Pochen ihres Herzens mit seiner Stirn, den Augen, den Lippen. Er suchte es auch auf der rechten Seite und am Hals und glitt abwärts. Vor ihr kniend, drückte er

Fahrkarte

sein Gesicht auf ihren Leib. Seine Hände umfaßten ihre Hüften. Sie beugte sich zu ihm hinab, und er hielt sie fest. Sie trennten sich, um sich erneut zu berühren. Ohne Ende schien ihr Spiel, weil es wieder begann, wenn sie beide zur selben Zeit aus dem Schlaf erwachten. Der Teppich war eine Wiese, und die Wolken wärmten wie die Decke, die Kristof von irgendwo herunterzog. Er tappte durchs Zimmer und suchte die Sachen zusammen, die sie am Abend unbekümmert verstreut hatten.

„Kristof, ich glaube . . ." Ich liebe ihn, dachte sie.

„Ja, es war wunderbar mit dir." Er ging.

Sie drückte ihr Gesicht ins Kissen. Als sie aufwachte, war es sonnenhell.

Sie steckte wahllos ein paar Sachen in die Tasche, dazu Geld und rannte zum Bahnhof. Nachmittags war sie zu Hause. Jutta fiel der Mutter um den Hals.

Den Nachmittag vertrödelte sie in ihrem Zimmer. Sie stand am Fenster und sah den Krähenbaum nicht. Sie las in einem Gedichtband. Ihr fiel der Rucksack ein, sie konnte ihn nicht finden. Sie kramte ihre Kiste aus und las in alten Briefen, bis ihr die passende Liedzeile einfiel. Sie griff nach dem alten Englischbuch. Ein gepreßter Storchschnabel fiel heraus. Es gab schon einmal eine Nacht mit diesem Summen in ihr. Aber es hielt nicht bis zum Morgen. Die kleinen blauen Blüten erinnerten sie. Weißt du noch?

Jutta ist sechzehn. Die Prüfungen der Zehnten sind vorbei. Am Abend feiert sie mit ihrer Freundin. Jutta hat ihre Gitarre mitgebracht. Andreas Bruder Dirk feiert mit.

„Einundzwanzig ist der und hat noch keine Freundin. Findest du das normal?" sagt Andrea.

Unnormal kommt Jutta das nicht vor. Sie sitzen zu viert im kleinen Kinderzimmer. Außer Jutta ist der dicke Gustl gekommen.

„Warum der?"

Während sie Salzstangen knabbern und Wein trinken,

entdeckt Jutta, wie ähnlich sich Bruder und Schwester sind. Dirk muß noch zur Armee. Er sieht nur Jutta. Sie braucht keinen Wein, um in Stimmung zu kommen. Andrea packt die Gitarre aus. Jutta singt und begleitet sich. Weil Dirk sie so nachdenklich ansieht, Andrea findet es sehnsüchtig, fällt Jutta zu dem Lied ein Zwischenspiel und ein Nachspiel ein. Sie phantasiert drauflos. Es ist ein traurigschöner Schlager. „Schmalz" behauptet Andrea und verhunzt ihn, aber Dirk will ihn wieder und wieder hören. *Und ich singe das Lied von der Liebe.* An der Stelle, an der es heißt: *und ich denke natürlich an dich,* summt Dirk mit. Der dicke Gustl will was Fetziges hören. Wo einer der Heidi von hinten auf die Schulter faßt. Andrea kichert, weil Gustl ihr zeigt, was mit Schulter gemeint ist.

Jutta hat genug und ist froh, daß Dirk sie nach Hause bringen will. Seine Eltern sitzen vorm Fernseher und lassen sich nicht stören. Sie nicken ihr „Gute Nacht". Auf dem Weg sagt Dirk, er freut sich, daß er von zu Hause wegkommt. Manchmal reden die Eltern den ganzen Abend kein Wort miteinander. Hauptsache, der Kasten läuft.

Wie zufällig berührt Dirk beim Gehen ihre Hand. Beim nächsten Schritt hält er sie fest. Ihr wird leicht. Mit jedem Schritt steigt sie den Wolken zu. Aber es sind Baumwurzeln, über die sie stolpert. Wovon sprachen sie gerade?

„Ich werde mal Erzieherin in einem Heim."

Von „Nicht leicht sein" sagt er etwas. Sie erklärt und wundert sich, daß sie von der Mutter spricht. Die war mal im Heim. Damals, du, alle einheitliche Kleidung. Ich erinnere mich noch an ein altes Fräulein. Ich mußte richtig vor ihr knicksen. Ich habe sie nicht gemocht, sie war ganz welk. Erzieherinnen waren für mich solche Uralten. Sie hat für Mutter gesorgt. Niemand mußte hungern in dem Heim. Dir gehört nur, was du in den Händen hältst oder was du dir in den Mund stopfst. Die im Dorf wollten mit solchen Biestern nichts zu tun haben. Meine Mutter, du, die kann sogar Fanfare blasen. Ich werde mal alle Kinder gern haben.

Dirk widerspricht nicht. Er zieht Jutta vom Weg herunter. Endlich versteht einer, warum sie in ein Heim möchte. Es ist ein warmer Juniabend, an dem beide nebeneinander im Gras sitzen. Dirk bittet, daß sie ihm etwas vorsingt. Ganz leise zupft sie die Begleitung dazu. Die Nacht flüstert in den Birken. Dirk rückt näher zu ihr heran. Bei seiner Berührung wird ihre Stimme weich. Er sagt, er wird ihr weh tun. *So manchen Glockenschlag, da Herz bei Herzen lag.* Jutta versteht erst jetzt, was sie schon so oft gesungen hat. Was er sagt, macht ihr nicht angst. Er läßt ihr Zeit und fragt, ob sie es wirklich möchte. Er hat Angst, ihr weh zu tun. Seine Hände zittern, seine Haut ist feucht. Jutta spürt den Schmerz. Sie schwebt nicht, sie erlebt gar nichts. Seine Berührung erträgt sie nicht länger. Er nimmt es hin, als habe er darauf gewartet. Sie steht mit gesenktem Kopf vor ihm. Er pflückt ihr eine Blume.

Von ihrer Tür aus sieht sie ihm nach, bis der Waldschatten ihn aufnimmt. Den blauen Storchschnabel legt sie in ihr Englischbuch. Das packt sie mit den anderen Schulbüchern und Heften in die Kiste. Die wird vorläufig nicht geöffnet werden. Es wird andere Fächer für sie geben. Pädagogik, Psychologie, Methodik am Institut für Lehrerbildung.

Die Mutter rief nach Jutta.

„Vergrab dich nicht da oben." Sie freute sich auf den Bummel mit der Tochter.

„Wer ist es denn? Und es ist ernst?"

„Für mich. Das ist ja das Schlimme."

Die Mutter legte ihre Hand in Juttas Hände.

„In meiner Gruppe gibt es ein Mädchen. Ich mag sie so sehr, daß ich fürchte, ich ziehe sie vor, vielleicht täusche ich mich auch in ihr. Ich habe Angst um sie, erbärmliche Angst. Darüber rede ich mit niemandem. Es heißt, ich kümmere mich zuviel um sie."

„Zuviel kann man sich nicht kümmern, höchstens zuwenig um andere."

„Darüber spreche ich nicht mal mit Kristof. Er heißt Kristof, Mutter."

Der Vater kam wie immer spät. Jutta lief ihm entgegen.

„Na, Spatz, hast du dich verflogen?"

Jutta nahm ihm die Tasche von der Schulter, faßte seine Hand und drückte sich beim Gehen an ihn.

„Kummer?" Sie legte ihren Kopf an seine Schulter.

„Freudenkummer", antwortete sie vergnügt.

„Aber mitgekommen ist er nicht?"

Die Mutter wartete mit dem Kaffee. Jutta saß zwischen Mutter und Vater wie in der alten Zeit. Vor dem Fenster der Krähenbaum. Seine Zweige klopften aufs Dach. Irgendwann würde Jutta Kristof mitbringen und ihm von Corax erzählen.

Am Abend sagte die Mutter: „Um mich hatten sie im Heim auch Angst."

„Aber . . ., sie darf uns nicht ganz vergessen." Der Vater schmollte. „Habt ihr die passende Farbe bekommen?"

Niemand verstand, was er meinte, bis er nach den Gardinen fragte. „Habt ihr den ganzen Nachmittag verschwatzt?"

21.

Für vierzehn Tage fuhr Jutta mit den Mädchen an die See. Ohne Karin Hallamat. Und Ilona Herzog durfte mit. Dahinter steckte Hugo. Wenn sie an ihn dachte, schämte sie sich.

Karin ärgerte sich. Sie sah nur kurz vom Zählen der Bettwäsche auf, als Jutta sich von ihr verabschiedete.

Das Lager Fillnitz lag zwischen Betriebsferienheimen, denen man den Luxus schon von weitem ansah, und dem öffentlichen Campingplatz mit seinen Holzklos und den Wartenden vorm Wasserhahn. Das Meer hörte man bis zu den Bungalows hinauf. Von der Stimmung, in der die beiden Gruppen am Abend losgefahren waren, spürte man am Morgen nichts mehr. Die Nachtfahrt hatte sie geschafft.

Nur das Herzel war an diesem Morgen munter und nervte alle mit ihrer Fragerei, wann sie bitte schön endlich das Meer sehen könnte.

„Erst mal wird geschlafen. Ihr habt die Nacht nachzuholen.“

Die Bungalows wurden vergeben. Jede Gruppe bewohnte zwei, jeder mit zwei Räumen. Der Sand wurde aus den Matratzen geklopft, Decken bezogen. Dann legten sie sich hin. Mittags wurde an diesem Anreisetag geweckt. Es gab Bohnensuppe, und es gab Belehrungen. *Lager-, Brandschutz-, Badeordnung.* Klaus Winkler, in diesem Durchgang Lagerleiter, und Rettungsschwimmer René, sonst Lehrerstudent, wechselten einander ab. Jubel lösten die Vorschriften nicht aus. Auch hier sollte es Kontrollen geben.

„Ohne Holle nix Kontrolle.“

Jutta sah überrascht zu Wietha.

„Also wer wie Holle reimt, muß auch wie sie kontrollieren.“

Konny fragte gereizt, wer dafür sei. Die Mädchen spürten Konnys Ärger nicht. Sie hoben brav den Arm zur Abstimmung. Konny zog einen Flunsch. Zweiunddreißig Tage bis zur Entlassung. Wozu noch aufregen. Als sich die Mädchen um Jutta sammelten, sie suchten sich dazu den Hügel zwischen ihren Bungalows aus, fehlte eine. Festus merkte es zuerst. So begann der Urlaub für sie mit einer Suchaktion. Vier Mann suchten im Lager, vier Mann schickte Jutta zum Strand. Nach einer halben Stunden fanden sie Ilona Herzog in einem Volleyballfeld des Nachbarlagers. Die konnte schmettern. Sie jammerte, daß sie weggeholt wurde, und verstand die Aufregung nicht, die um sie herum entstand. Warum sollte sie nicht spielen, mit wem und wann es ihr Spaß machte? Die Mädchen waren sauer.

„Ich war gleich dagegen, daß sie mitkommt“, sagte Konny. „Jeden Tag wird mit ihr was anderes los sein.“

„Du bist richtig gemein", sagte Wietha zu Konny. Dafür umhalste Herzel sie.

„Herzel", sagte Wietha schroff. „Daß du dich nicht von mir wegrührst." Herzel strahlte. Konny, in einigem Abstand folgte ihr Isso, schlenderte zu den Jungs auf die Raucherinsel. Jutta stand am Marterpfahl, an den zum Neptunfest die Pärchen gebunden wurden. Sie dachte, hoffentlich werde ich mit ihnen ferig. Zuerst mal mußte sie Besen, Decken und Schüsseln zählen.

Auf ihrem ersten Rundgang schrieben sie die Öffnungszeiten am Broilerverkaufsstand und am Eiswagen, den Spielplan am Zeltkino, die Veranstaltungen von den Aushängen, Abfahrtszeiten der Busse und Dampfer ab. Zurück gingen sie am Strand entlang.

„Dürfen wir wirklich heute noch nicht ins Wasser?"

Der Name Hallamat fiel. „Bei Frau Hallamat hätten wir gedurft", sagte Konny.

Wenn auch Jutta sagte: „Ich bin nicht Frau Hallamat, Konny", so ärgerte sie sich doch.

Zum Glück gab es Wietha, Festus, Herzel, ja auch die, die sich nicht nach Konny richteten. Sie zogen Schuh und Strümpfe aus, schlugen die Hosenbeine hoch und liefen wadentief durchs Wasser. Dabei sahen sie zu Jutta hin, ob sie ihnen diesen Spaß erlauben würde. Die Wellen brachen sich und spritzten auf. Baden war das nun wirklich nicht. Man mußte sich nicht so haben. Jutta ermahnte die Mädchen trotzdem, wie es ihre Pflicht war, und so, daß sie begriffen, sie meinte es nicht ernst. Ilonas Hose war nach fünf Schritten naß. Sie ließ sich fallen. Das war Signal für die anderen. Sie tobten am Rand entlang. Urlauber wichen der Horde erschrocken aus.

„Komm her, ich küsse dich!" Ilona breitete die Arme aus, um das ganze Meer zu umarmen. „Geliebte Ostsee, komm!" Die Wellen klatschten ihr bei jedem Kuß ins Gesicht. Wietha kreischte etwas von Konrad und schubste Ilona, bis sie wieder ins Wasser plumpste. Auch Festus lag der Länge nach im Wasser und ließ sich von den Wellen überspülen.

Klaus Winkler ärgerte sich, als er die nassen Mädchen sah.

Wietha sah, wie bekümmert Jutta an Klaus Winkler vorbeischlich. Sie spielte Federball mit Festus. Sie ging zu ihm, blieb vor ihm stehen. Wietha reichte ihm den Schläger.

„Ach bitte, Herr Winkler, wenn es Ihnen nichts ausmacht."

Er holte weit aus. Alle sahen interessiert dem Federball nach. Sehr hoch stieg er auf. Einige staunten laut, denn er kam nicht wieder runter.

„Ist ja kein Wunder", sagte er, als müsse er es erklären. Der Wind hatte den Ball in die Kiefer getrieben.

„Herr Winkler, das war Konrad. Glauben Sie mir."

„Bestell deinem Konrad oder wie er heißt, wer den Ball in die Kiefer treibt, soll ihn auch wieder abschütteln."

Kaum gesagt, fiel ihm der Ball vor die Füße.

Wietha hob ihn auf und ging.

Vor dem Schlafengehen trafen sie sich auf dem Hügel.

„Was machen wir morgen und übermorgen und überhaupt, was nehmen wir uns vor?"

Jutta ließ die Mädchen schwatzen. Wir wollen schlafen, wir wollen uns sonnen. Warum muß alles geplant sein?

„Unsere großen Touren müssen wir uns vorher überlegen."

Es war wieder mal Ilona, die die Besprechung störte. Sie tauchte als Farnweib aus dem Gebüsch auf und überreichte Wietha Krone und Zepter wie einem König, ebenfalls aus Farnen. Gesicht, Arme und Beine grün gefärbt, sie mußte die Farbbüchsen für das Neptunfest entdeckt haben. Sie drehte sich wie ein Clown zu Jutta um, daß alle lachten und Jutta die Ermahnungen nicht aussprach, sie hoffte, Ilona würde in der Verkleidung nicht Klaus Winkler begegnen, der ihnen einen langen Vortrag über Naturschutz halten würde. Wie auf Verabredung faßten Festus, Isso, Konny und

Wietha zu, schleppten sie an Armen und Beinen zum Strand runter und spülten sie mit großem Hallo im Meer ab.

„Wenn schon ein König sein muß, dann, bitte, brauchen wir auch Minister. Ich warte auf Vorschläge", verlangte Jutta, als alle wieder auf dem Hügel ankamen. Konny wurde Versöhnungsminister, Isso übernahm die Finanzen, Trudchen, die das ganze Jahr über still war, daß gar nicht auffiel, wenn sie fehlte, wurde Postminister, und damit sie niemand verpaßten, wenn sie unterwegs waren, wurde Festus Zählminister. Die Zählerei vor jeder Abfahrt, bei jedem Treff, nach jeder Ankunft. Während die Winklers, Dette und Rettungsschwimmer René einschließlich Koch und Küchenfrau auf Jutta warteten, hatte sie den letzten Ministerposten zu vergeben. Nach einigem Für und Wider bekam ihn Ilona Herzog. Sie wurde Klapsminister und hatte sich einzuschalten, wenn länger als eine Stunde nicht gelacht wurde.

„Ihr übertreibt", sagte Dette am Abend in der Tagesauswertung. Aber Jutta wußte, was man mit den Mädchen konnte und was man sein lassen sollte. Sie spielten Volleyball, schwammen zu den Bojen hinaus, wanderten zum nördlichsten Punkt der Insel, entdeckten ein verfallenes Gut und brachten von dort brockenweise Stuckarbeit mit. Dieses Gut interessierte auch die Jungs. Dette berichtete, daß er sie aus der Familiengruft, in der sie Skelettreste fanden, treiben mußte. Jutta schrie auf, als er ihr einen Unterkieferknochen in die Hand legte.

Jutta war gerade eingeschlafen, da klopfte es laut und hastig an ihrer Tür. Sie fuhr auf. Schritte. Flüsterstimmen. Mit zwei Sätzen war Jutta an der Tür. „Schnell, Fräulein Timmendorf, schnell." Bleich und zitternd stand Isso vor ihr. Jutta griff den Bademantel, den sie sich im Gehen überzog, und folgte Isso zu den Toiletten.

„Licht an."

„Geht nicht."

Sie liefen durch den Waschraum. Die Mädchen bildeten eine Gasse. Jutta riß die Tür zu den Toiletten auf und prallte zurück. Im schmalen Gang, an die mittelste Tür gelehnt, stand ein Gespenst. Wie im Reflex drückte Jutta die Tür gleich wieder zu. Isso griff ihr unter die Arme, weil es aussah, als würde sie umkippen. Sie erholte sich. Nun, gefaßt auf das, was sie erwartete, öffnete sie die Tür ein zweites Mal. Schritt für Schritt ging sie dem Gespenst entgegen. Die Mädchen folgten ihr zuerst nur mit Blicken. Festus war die erste, die ihr nachkam. Irgend jemand hatte einen Straßenbesen verkleidet, einen Schädel darauf gesetzt und ein Licht hineingestellt. Der Irgendjemand waren die Kerle. Daran gab es keinen Zweifel, auch wenn sie jetzt mucksmäuschenstill in ihren Betten lagen. Rache! Die Nachtwache funzelte sich mit der Taschenlampe herein. Der Lichtkegel zitterte über den gespenstigen Besen. Es sollte ein Spaß sein. Jutta suchte ihren Klapsminister. Wo war das Herzel schon wieder? Wietha, weißt du das? Auch Wietha war nicht da. Durchzählen, Festus!

„Ilona hat es erwischt", sagte Isso, die hereinkam. „Wietha bringt sie zum Bungalow."

Jutta beendete den Spuk. Wer sollte die Kerze löschen? Man mußte in den Schädel fassen, um sie auszudrücken. Konny traute sich. Sie baute auch das Drumherum ab. Auf dem schmalen Weg durchs Gestrüpp, zurück zum Bungalow, klammerten sich die Mädchen aneinander.

Jutta erkannte sie an den Stimmen und an der Art, wie sie miteinander sprachen. Wietha machte ihr Platz an Ilonas Bett. „Von einem Schreck kann man doch nicht krank werden, was, Herzel?" Aber Jutta fühlte die heißen Hände, hörte den kurzen, flachen Atem. Wietha kam mit einer Schüssel Kaltwasser und einem Waschlappen zurück, den sie ausdrückte und Ilona auf die Stirn legte.

Sie ging erst, als Ilona schlief. „Wirst sehen, morgen ist alles gut."

Jutta schlenderte die paar Meter bis zu den Dünen. Sie

erlebte das Meer. Zu ihren Füßen spülte es sich an Land. Zum Horizont hin hob es sich und verband sich mit dem Himmel.

Wenn Kristof neben ihr wäre . . .

Herzel stand am nächsten Morgen nicht auf. Sie mußten zum Arzt. Der überwies sie ins Krankenhaus. Die Mädchen kümmerten sich. Festus ging mit ihr zum Waschraum, Isso packte die Sachen zusammen, Wietha versuchte, sie zu ermuntern.

„Ach Herzel, über wen sollen wir nun lachen?"

22.

Herzel blieb ein paar Tage zur Beobachtung im Krankenhaus, es waren Regentage. Über den ersten freuten sich die Mädchen. Endlich mal ausschlafen, faul sein, gammeln. Die paar Steine bemalten sie der Timme zuliebe. Am zweiten Tag stritten sie schon. Western oder Schnulzenfilm. Es gab zwei Kinos. Eins im Dorf rechts vom Lager, das andere ein paar Kilometer links vom Lager. Festus kämpfte zum Schluß nur noch gegen Isso für den superharten Western. Isso zerriß ihr das Filmprogramm. Sie wollte was mit Liebe sehen. Konny ging dazwischen. Versöhnungsminister hin oder her, gekloppt wurde sich in diesem Bungalow nicht.

Die Königin Wietha lag gelangweilt in ihrem Bett. Sie verschränkte die Hände unter dem Kopf und sah in die Decke. Die Mädchen ödeten sie an. Das ewige Einerlei mit ihnen. Der Regen schlug seine Melodie aufs Dach. Sie war Wietha vertraut. Es war einmal ein bunter Fisch in einer Glaskugel. Es gab einmal einen Mann, der ihn mit ihr entdeckte. Ein anderer schenkte sie ihr. Peter und Axel. Sie hatte beide verloren. Es war einmal. Mit Herzel könnte sie darüber reden, aber 's Herzel war im Krankenhaus. Wietha legte sich die Hände auf die Brust, die nicht mehr empfindlich war. Die Hände glitten zu den Hüften. Ihr Körper hatte sich nicht verändert. Er war schmal geblieben, die Bauchdecke straff. Ich will mal einen Jungen haben. Einen Sohn Konrad. Sie schloß die Augen und schluckte die Tränen. Axel. Noch immer kann sie sich zu ihm träumen. Seine Hände. Sie faßten kräftiger als ihre zu. Sie forderten und lockten und baten manchmal auch. Seine Lippen fühlte sie, seinen Körper. Sie hob sich ihm entgegen. Nein! Sie schrie laut und fuhr vor Schreck auf. Alle sahen zu ihr hin. Sie ließ sich wieder in das Kissen fallen. Sie faltete ihre Hände wie zum Gebet. Ich will dich nie wieder sehen. „Laß mich in Ruhe, bitte."

Isso war es, die an ihrem Bett stand und sie berührte. „Schlimm?"

„Ziemlich."

„Solchen Hänger hat jeder mal. Ich weiß, was hilft. Komm."

Wietha zögerte. Einerseits war es schön, an Axel zu denken, sich vorzustellen, er wäre bei ihr. Sie sträubte sich noch.

„Dann kommst du nie von ihm los. Ich weiß, wie das endet. Er kommt, und du fällst ihm in die Arme."

Wietha rutschte vom Bett und ließ sich von Isso aus dem Bungalow ziehen.

„Hinterher wird dir besser sein."

Sie gingen auf dem glitschigen Weg zum Waschraum.

„Kaltwasser von Kopf bis Fuß. Zieh dich aus."

Das kannte Wietha. Kalt duschen, hart schlafen, wenig Salz bedeutete keine Sehnsucht, keine Plage, keinen Sex.

Isso griff nach dem Schlauch und drehte den Wasserhahn auf.

„Zuerst den Rücken!"

Wietha bibberte. Isso kicherte.

„Dreh dich um!"

Sie zielte auf die Schultern, erst die eine, dann die andere Seite, die Brüste, die eine, die andere, von dort sank der Strahl auf den Magen, den Nabel, und wieder fiel er auf die Brust. Isso kicherte wieder und drückte den Schlauch zusammen, daß der Strahl härter wurde. Sie zielte immer und immer auf die Brust, daß Wietha in die Ecke flüchtete. Isso jagte ihr nach.

„Umdrehen, umdrehen!" Aber sie befahl umsonst. Wietha spannte nur den Rücken, auf den der Strahl klatschte. Als Isso an ihr zerrte, riß Wietha ihr den Schlauch aus den Händen und richtete den Strahl nun gegen sie. Aber Isso rannte nicht weg.

„Warte doch", sagte sie und zog sich den Pullover über den Kopf. Wietha stand benommen da. Sie spürte nicht mal mehr die Kälte. Isso führte ihr einen Tanz auf. Mit ihrer Brust tanzte sie in den Wasserstrahl. Sie schüttelte sich, drehte sich, bog ihren Oberkörper weit zurück und hob ihn dem Strahl entgegen. Ihre Haut rötete sich, ihre Augen leuchteten, ein verrücktes Spiel. Nein, kein Spiel. Sie öffnete den Hosenverschluß.

„Tiefer, Wietha", befahl sie.

Wietha ließ den Schlauch fallen.

„Sei nicht blöd, Wietha. Es ist nichts dabei."

Wietha rubbelte sich trocken.

„Konny und ich. Die stellt sich jedenfalls nicht so an."

Wietha antwortete ihr nicht. Sie verließ den Waschraum so schnell wie möglich. Nur weg. Isso lief ihr nach.

„Nicht, daß du quatschst."

Sie kamen zum Hügeltreff, der wegen des Regens auf Wiethas Königinbett stattfand. Konny hatte sich bei Jutta für die Freundin Isso, die so gern einen Liebesfilm sehen wollte, durchgesetzt. Festus sah mürrisch in den Regen. Um Isso zu ärgern, sagte Wietha: „Ich würde auch lieber den Western sehen, Fräulein Timmendorf."

Jutta war ratlos. Die Mädchen taten ihr leid. Das war nun Urlaub. Was einer wollte, mußten alle anderen mitmachen. Sie ließ noch einmal abstimmen. Die eine Hälfte wollte in den Liebesfilm, die andere in den Western.

„Wenn ich mich auf euch verlassen könnte“, sagte Jutta. Sie schwiegen. Jutta sah prüfend in die Gesichter.

„Wir gehen gemeinsam aus dem Lager, klar? Dann habt ihr Ausgang. Wir treffen uns um neun unten am Strand, Turm vier. Was sagt die Regierung?“

Sie schrien prima, hurra!

Jutta legte die Finger an die Lippen. Singend zogen sie aus dem Lager. Kaum fiel die Pforte hinter ihnen zu, verstummten sie und machten sich eilig in kleinen Grüppchen davon. Niemand bat Jutta mitzukommen. Sie stand allein auf dem verlassenen Weg einer tristen Zeltlandschaft.

Drei ganze Stunden hatten sie Zeit bekommen.

„Das Fischerdorf hat eine Kneipe“, sagte Wietha zu Konny und Isso. „Da findest du einen Mann.“

Isso wurde unsicher. Wenn Wietha sie bei Konny verpfiff?

Die kleine Kneipe war überfüllt. Die Biertrinker standen bis in den Flur hinaus. Ein Bier, einen Klaren, bei dem Mistwetter heizten sie ein. Für die drei Mädchen machten sie gerade so viel Platz, daß sie sich durchzwängen konnten. Hinter ihnen schloß sich die Gasse wieder. Konny marschierte voran. Wietha folgte als letzte. Konny bestellte Bier.

Sie lachte, als ein langer Kerl sich zu ihr herabbeugte und sagte: „Zu meinem Zelt sind's nur drei Schritt.“

„Du bist dir wohl sehr sicher!“

„Trinkst du Klaren oder was Süßes?“ fragte der Lange. „Und du?“ Isso hatte mit einer Handbewegung ihr Haar aus dem Kragen herausgezogen und nach hinten geworfen. „Einen Kiwi“, piepste sie. Er nickte großzügig.

„Und du?“ Jetzt meinte er Wietha. Erst beim zweitenmal sah er sie sich richtig an. Sein Blick glitt an ihr hinab.

„So was Schönes, Junge, Junge, und läuft frei rum.“

„Drei Schritt nur zum Zelt.“

Er bestellte den Kiwi, eine große Flasche.

„Ich habe ein paar Kumpels“, sagte er zu Konny.

Das alles kannte Wietha. Das alles gab es noch. Keine Fragen vorher, kein Wort nachher. Mitgehen, tun, was verlangt wird, sich anziehen und weggehen, trinken, vergessen. Aber vergessen konnte sie nicht.

Wietha verspricht, in die Schule zu gehen. Axel sieht ihr nach. Hinter der Kurve biegt sie ab vom Schulweg. Axel hat Spätschicht. Bis er geht, solange muß sie sich irgendwo verstecken. Sie weiß nicht, wohin sie gehen soll. Einen Bekannten darf sie nicht treffen. Sie wird gesucht. In der Schule würden sie Wietha gleich greifen. Axel sagt, ich schicke dich, mehr kann man von mir nicht verlangen. Es ist ein naßkalter Tag. Wiethas Hände sind rot vor Kälte. Da passiert es. Sie wird erkannt. Einer aus ihrer Straße. Er sieht sie aus dem Haus kommen. Er hält sie fest. Wenn er sie verrät? Wird er sie zum Kreisamt bringen oder die Streife rufen oder gleich zur Mutter gehen?

Ein Funkwagen kommt die Straße entlang. Ihr Herz klopft schnell. Zum Weglaufen ist es viel zu spät. Außerdem hält er sie immer noch fest. Da umarmt sie ihn und küßt ihn auf den Mund. Sie sieht ihm fest in die Augen und küßt ihn gleich noch mal, bis das Auto weg ist.

Das gefällt ihm, aber loslassen will er sie trotzdem nicht.

„Komm mit", sagt er. Sie tut, was er sagt. Es ist in einem Kellereingang eines alten Hauses. Er ist nicht grob und auch nicht zart. Er ist gar nichts. Und wenn nichts ist, kann auch nichts dabei sein.

„Morgen um die gleiche Zeit", verlangt er und droht: „Wenn nicht, lasse ich dich hochgehen."

Axel entdeckt an ihrem Hals einen Fleck. Sie will sich rausschwindeln, aber es nutzt ihr nichts.

Am nächsten Tag trifft sie den anderen wieder am Kellereingang, und auch am übernächsten Tag will er sie haben. Sie kommt zu ihm mit blauen Flecken. Wenn er sie entdeckt, wird er auch schlagen? Aber er schiebt die Hände unter ihren Pullover und macht nur wenig frei. Wieder saugt er ihr Flecke, wieder droht er: „Wenn du nicht kommst!" Am vierten Tag will er, daß sie bei ihm bleibt. Für immer. „Ich heirate dich. Du wirst es gut haben." Sie verliert die Angst vor ihm. Er bittet. Sie lacht und läuft ihm weg. Am Abend kontrolliert Axel. In ihrer Tasche findet er einen Schein.

„Woher ist das Geld?"

Wietha erschrickt.

„Nutte!"

Er schlägt sie nicht, er jammert.

„Womit habe ich das verdient? Womit, womit, womit?" Das hört sich an, als schlügen Zähne aufeinander. Wietha kriecht in die Ecke zwischen Schrank und Wand. Sie weiß nichts vom Geld. Er glaubt ihr nicht.

„Pack deine Sachen. Verschwinde! Wenn ich zurück bin, will ich dich nicht mehr sehen!"

Wietha bleibt in ihrer Ecke hocken, auch als die Tür hinter ihm längst zugeschlagen ist. Lieber Gott, hilf! Mehr denkt sie nicht, nur hilf. Und da kommt er angeschwommen. Er sieht aus wie Konrad. Wietha rutscht auf die Knie, faltet die Hände und betet: Ich will es auch nie wieder tun. Hinter Konrad steht Axel. Er schwankt. Mit der Hand wischt er wieder und wieder über sein Gesicht.

„Ich gehe nicht", sagt Wietha und reicht ihm den Lederriemen.

„Schlag mich doch tot." Mit beiden Händen bedeckt sie ihr Gesicht. Das soll er nicht treffen, das Gesicht nicht. Axel stürzt auf sie zu und drückt sein Gesicht in ihren Schoß.

„Ich bin ein Schwein", sagt er, „ein ganz gemeines, fieses Schwein." Das Weinen schüttelt ihn wie ein Krampf. Er beschimpft sich laut, bettelt, verzeih mir, und wimmert. Wietha kann nichts weiter tun als ihm über den Kopf streichen. Sie ist nicht traurig, sie ist nicht froh. Sie summt eine Melodie.

Am nächsten Tag schenkt er ihr einen grünen Samtpullover mit Regenbogenstreifen von den Schultern bis zum Ärmelbund hinunter.

„Wenn ich dich verliere", sagt er, „dann bringe ich mich um."

Der Lange trank sein Bier aus, bezahlte und wollte Wietha vor sich her zur Tür schieben. Wietha rührte sich nicht.

„Worauf wartest du?" fragte der Lange.

Wietha sah ihm in die Augen. Sie glänzten wie zwei frisch gelackte Knöpfe.

„Wo hast du deine Seele?" fragte sie.

Er lachte. „Das werde ich dir schon zeigen, in meinem schönen roten Zelt." Seine Augen wurden nicht dunkler und nicht heller. Sie erinnerten Wietha an ihren alten Plüschaffen, aus dem die Sägespäne rieselten.

„Laß mich!" Wietha stand zwischen Konny und Isso und schlug seine Hand von ihrer Schulter.

„Den Affenkopp schenke ich euch!"

Sofort mischen sich zwei andere ein. Der Affenkopp beleidigt auch sie. Es gibt Gedränge, Gemenge. Wietha wird weitergestoßen. An einem kleinen Tisch sitzt der einzige Mann, der hier Kaffee trinkt und Zeitung liest. Er wundert sich kein bißchen, als er aufsieht und ein Fischmädchen neben ihm sitzt. Sie wedelt sich mit der Flosse ein bißchen frische Luft zu.

„Gestatten", sagt sie, „mein Name ist Konrad."

„Angenehm. Ebenfalls Konrad."

Das dachte sich Wietha gleich.

„Und die Seele?"

Er drehte sich zum Fenster, schob die Gardine ein Stück zur Seite.

„Das da." Er nickte zu dem Laster rüber. „Er und ich, verstehst du?"

Das Konradmädchen wurde wieder Wietha.

„Ich hatte mal einen Freund. Er hat mich nie mitgenommen. Es war auch so ein Laster." Sie ließ den Kopf hängen.

„Wenn du willst“, sagte er.

Der Regen schlug Blasen. Sie rannten zum Parkplatz rüber. Als der Motor lief, beschlugen die Scheiben.

„Und wo ist er jetzt, dein Freund?“

Wietha hob die Schultern.

„Bist höchstens sechzehn, was? Dieser verdammte Regen.“

Der Scheibenwischer summte gleichmäßig.

„Wohin willst du eigentlich? Reich mir mal die Zigaretten.“ Noch kannte Wietha die Straßen. Er bog links ein. Die Straße führte am Lager vorbei. Das Lager, der Werkhof, die Timme. Verdammt.

„Warum sagst du nichts?“

Wietha fragte nach der Uhrzeit. Der Mann wunderte sich.

„Haste nicht Ferien? Wenn ich Urlaub habe, dann interessiert mich keine Zeit. Da mache ich all das, was mir Spaß macht. Von niemandem laß ich mir reinreden. Das muß sein, denke ich. Einmal im Jahr braucht der Mensch seine Freiheit. Aber nach einer Woche, du, da sehne ich mich nach meinem Laster zurück. Nämlich die richtige Freiheit, verstehst du, sag mal, warum heulst ’n du?“

„Ich will aussteigen!“

„Wisch dir die Nase!“

„Halten Sie an!“

„Habe ich dir was getan?“

„Anhalten!“

„Du bist verrückt. Das gießt draußen!“

„Ich springe.“

Er bremste scharf. Wietha warf sich gegen die Tür, bis sie nachgab.

„Laß die Faxen. Wohin willst du denn?“

Wietha sprang auf die Straße.

„Zurück“, rief sie. „Ich bin nämlich abgehauen.“

„Warte!“ Aber sie lief, so schnell sie konnte. Sie drehte sich nicht mehr um. Atemlos und durchnäßt kam sie zum

Strand. Sie stand in den Dünen und sah zum Rettungsturm hinunter. Zu früh, dachte sie, ich bin viel zu früh hier. Langsam ging sie ein paar Schritte weiter. Da entdeckte sie auf den untersten Stufen des Aufgangs Jutta. Ganz allein saß sie da am Strand unter ihrem bunten Regenschirm. Wietha stieg zu ihr hinab.

„Ach, du bist es", sagte sie, als habe sie sich das gedacht, daß Wietha die erste sein würde.

„Es ist ja noch Zeit, aber ich bin unruhig", sagte Jutta. Wietha setzte sich neben sie, hakte sie ein, lehnte den Kopf an ihre Schulter, wie immer, wenn sie ihr etwas beichten wollte. Aber die Timme war weit weg, irgendwo zwischen Himmel und Meer. Darum wunderte sich Wietha, als die Timme zu sprechen begann.

„Du wirst Konnys Nachfolger werden." Wie kam die Timme denn auf so was. Ich und Erster, dachte sie und sagte: „Ich wollte eben abhauen."

„Aber du bist nicht. Du bist für viele Mädchen wichtig. Du bist eine Chance für sie."

„Wenn sie mich richtig kennen würden, Fräulein Timmendorf."

Jutta lächelte und kuschelte sich zusammen.

Wer weiß, wie lange sie schon hier wartet, dachte Wietha. Ihre Lippen waren blaugefroren.

„Denk an die anderen, Wietha."

Wietha umfaßte Jutta und rieb ihre Oberarme.

„Gehen Sie ins Lager, Fräulein Timmendorf. Ich sammle die Mädchen und bringe sie Ihnen. Sie holen sich eine Lungenentzündung."

„Zum Beispiel Herzel. Wenn die dich nicht hätte. Wer sich so wie du um andere kümmert, der trägt auch Verantwortung für sie."

„Sie halten ja eine Rede."

„Ein guter FDJ-Sekretär kann vorzeitig entlassen werden."

„Wenn ich zu meiner Oma könnte."

Von den Dünen her klangen Stimmen. Der Indianderruf.

Festus rückte mit ihrer Truppe an. „Wir wollten noch was trinken, aber sind nirgendwo reingekommen."

„Habt ihr die anderen getroffen?" Festus überhörte die Frage. Sie griff sich Wietha und warf sie mit einer schnellen Schulterbewegung in den Sand.

„Das hätten Sie sehen sollen." Festus spielte den Western nach. Langsam trudelten auch die anderen ein. Nur zwei fehlten.

Jutta befragte jedes Mädchen.

„Ihr wißt auch nichts?" Nun zitterte sie.

„Vor Kälte", erklärte Wietha. „Bringt sie ins Lager."

Mit Festus lief sie zur Straße zurück. Von dort im leichten Trab bis zur kleinen Kneipe. Dahinter begann ein Campingplatz.

„Wir müssen sie finden", sagte Wietha.

Fünf rote Zelte leuchteten ihnen entgegen. Sie bildeten einen Kreis. Wietha war sicher, nur hier konnten sie sein.

„Laßt meine Jungs zufrieden!" sagte ein Mann im Trainingsanzug, der hinter sie trat.

„Wir suchen so einen Langen."

„Verschwindet!"

„Is'n los?" Wietha erkannte den Langen gleich, der aus einem der Zelte herauskroch. Sein Gesicht wurde hell, als hätte er sich gleich denken können, daß sie ihm nachkommt.

„Wo sind die beiden?"

Er sah zu dem Mann im Trainingsanzug.

„Hier sind keine Mädchen."

„Also macht, daß ihr wegkommt." Der Mann ging auf sie zu, als wollte er jede im Genick packen und vors Lager setzen.

Wietha wich ihm aus, huschte an ihm vorbei, stürzte ins Zelt, aus dem der Lange gekommen war.

„Raus!" Mehr sagte sie nicht zu Konny. Konny griff ihre Sachen.

„Wo ist Isso?" fragte Festus.

Der Lange kratzte sich verlegen am Kopf, als der Mann im Trainingsanzug losschnauzte. Konny sagte: „Da drüben."

„Hole sie!" Wietha ließ die Männer stehen. Der im Trainingsanzug pfiff mit seiner Trillerpfeife die Jungs zusammen.

„Sauerei", schimpfte er. Isso wankte und stieß beim Sprechen mit der Zunge an, während Konny völlig nüchtern war. Der Lange griente. „Reg dich ab, Chef."

Wietha wunderte sich, daß der sich das gefallen ließ.

„Bis Sonntag sind wir noch hier", sagte der Lange leise, als Wietha an ihm vorbeiging. Die beiden nahmen Konny und Isso in die Mitte.

„Ihr seid bekloppt", sagte Wietha zu Konny. „Weißte, was bei uns los ist. Und die Timme."

Konny fragte kleinlaut: „Ob sie das meldet?"

„Du hättest sie sehen sollen."

„Was soll ich machen?"

Wietha sah, wie Festus Isso abschleppte, und legte sich Konnys Arm um die Schulter. „Wir müssen das wieder gutmachen." Wietha hatte „wir" gesagt. Dafür war Konny dankbar.

Klaus Winkler wartete schon auf Jutta mit der Tagesauswertung.

„Kollegen, einigermaßen wollen wir uns doch an die Zeiten halten."

„Von mir sind zwei Mädchen weg."

„Was heißt weg?"

„Sie sind nicht vom Ausgang zurückgekommen." Jutta bemühte sich, mit ruhiger Stimme zu antworten.

„Ausgang? Wer hat Ihnen das erlaubt?"

Jutta schwieg.

„Kollegin Timmendorf!" Er betonte jede Silbe ihres Namens. „Dafür werden Sie sich zu verantworten haben."

„Erst mal muß sie aus ihren nassen Klamotten heraus", sagte Dette.

„Haben Sie auch richtig gesucht?"

„Sie suchen immer noch."

„Was sagen Sie da! Wer sucht?"

„Wietha und Festus."

„Sie haben die beiden losgeschickt?"

„Sie sind von allein ..." Gegangen, wollte Jutta sagen, aber Klaus Winkler schlug mit der Faust auf den Tisch, daß die Gläser glirrten.

„Also fehlen vier." Er stöhnte auf. „Vier Entweichungen in meinem Durchgang." Jutta verließ die Besprechung. Als sie sich umzog, klopfte es an ihr Fenster.

„Jutta!" Das war Dette. Er klopfte wieder. „Sie sind da. Alle vier. Beim Klaus. Deine Mädchen haben sich glänzend bewährt. Auf die Kosin kannst du stolz sein", sagte er später.

„Ich habe gedacht, in unserer Gruppe passiert so etwas nicht, wir können uns jederzeit aufeinander verlassen", sagte sie den Mädchen am nächsten Tag auf dem Hügeltreff. Wietha und Festus meldeten sich freiwillig zum Lagerdienst. Sie harkten, putzten, schrubbten. Konny bat die Timme um eine Strafe. Jutta schob sie nur zur Seite. Isso stellte ihr heimlich Feldblumen ins Zimmer. Sogar das Herzel, gerade aus dem Krankenhaus zurück, wo man keine Ursache für das Fieber hatte finden können, bemalte still mit den anderen Mädchen Steine vom Strand. Wie sollten sie noch beweisen, daß es ihnen leid tat. Jutta wünschte sich das Ende des Ferienlagers herbei, auf das sie sich mal gefreut hatte.

23.

Hugo Bachmann empfing sie auf dem Fillnitzer Bahnhof. Er kümmerte sich um den Transport des Gepäcks. Er brachte die Jungs auf Trab, sprach mit Klaus Winkler, begrüßte Jutta, stoppte die Autos und ließ das müde Volk über die Straße. Jutta wagte nicht, ihn anzusprechen. Auf dem Weg zum Heim war er plötzlich neben ihr.

„Ich habe schon gehört", sagte er.

„Es war ein Risiko."

„Du hast Mut gehabt, Jutta."

Sie hatte sich nicht verhört. Er hatte Jutta gesagt.

„Ich hatte Angst."

„Auf jeden Fall war es ein Erfolg. Vorher ist es immer ein Risiko."

Jutta war müde. Wietha, Konny, Festus, Isso, Herzel! Wenn sie die Augen schloß, zogen die Gesichter an ihr vorbei. Sie lachten, redeten auf sie ein. Jutta hatte Kopfschmerzen.

„Urlaubsreif", sagte jemand.

„Der Ostseedienst ist zu anstrengend. Die machen einen fertig da oben." Mariechen war also wieder da.

„In dem Alter verkraftet man das noch."

Der Schmerz kam Jutta bis unter die Augenlider. Kristof kam. Er ließ Jutta überhaupt nicht mehr aus seinen Armen. Überfallen werden wollte sie nicht von ihm. Sie wollte ihn sehen und hören und fühlen und schmecken, mit ihm reden und sagen, du duftest heute wie verrückt, ich halte es ohne dich nicht aus. Die Gesichter, die Stimmen der Mädchen, die Vorwürfe, die sie sich machte, du bist inkonsequent, wollte sie vergessen.

Am Morgen brühte sie in ihren beiden Tassen Kaffee auf.

„Ach, laß den Kaffee. Komm."

Es war die Art des Weckens, nach der man am liebsten wieder einschläft. Schließlich setzten sie sich doch auf die

Bettkante. Kristof zog den Tisch heran und umarmte Jutta, während er nach einer Stulle angelte. Der Kaffee war inzwischen kalt, aber Kristof verlangte, an jedem Morgen so verwöhnt zu werden.

„Es war wunderbar", sagte er wie nach ihrer ersten Nacht. Er sah ihr zu, wie sie barfuß durchs Zimmer lief, wie sie sich streckte, um die Reisetasche vom Schrank zu ziehen, wie sie ihr Haar zusammenband und Wasser ins Waschbekken ließ. In allen ihren Bewegungen lag etwas Neues und doch Vertrautes. Sogar in der Art, wie sie ihre Sachen einpackte. „Auf Wiedersehen", sagte sie irgendwann. Daran hatte er den ganzen Morgen lang nicht gedacht.

„Du willst weg? Stimmt ja."

„Kommst du wenigstens am Wochenende?"

Wenn die Mutter sich auf Besuch freute, schrubbte sie vorher das Haus von oben bis unten. Sie suchte das Kochbuch nach neuen Rezepten durch, was Vater mißtrauisch machte.

„Koche wie immer, das schmeckt wenigstens."

Abends saß Jutta gern auf der Bank unter dem Walnußbaum. Dort hielt sie es aus, bis die Nacht die Haut kühlte. Zwischen Licht und Dunkel hörte sie Summen. Das Rauschen des Meeres war noch in ihr, Herzels Stimme: Ich bin Frau Neptun auf dem Seetangpferdchen. Sie galoppierte auf Festus' Schultern in die weißen Schaumkämme.

Der Vater stand eine Weile hinter der Mutter, legte ihr die Hand auf die Schulter. „Was aus unserm Spatz geworden ist."

Die Mutter beugte sich zu Jutta hinab und streichelte sie wach. Freitags kam Post. Frau Timmendorf bekam sie nur mit Mühe aus dem Briefkasten heraus.

„Dreiundzwanzig Briefe. Was soll das bedeuten?"

Jutta hörte den Stolz der Mutter auf eine Tochter heraus, der so viele Mädchen schrieben.

Brief Nummer eins:

„Liebes Fräulein Timmendorf!

Es war so prima mit Ihnen. Wenn Sie jetzt hier wären, würden Sie über unsere ausgestreckten Beine stolpern wie Frau Winkler. Wir sollten schon im Bett sein. Frau Hallamat hat mir den Entlassungsbericht vorgelesen. Sie haben alle eine gute Meinung von mir. Wenn ich draußen bin, werde ich mir Mühe geben, alles richtig zu machen. Das verspreche ich. Mit meiner Entlassungsfeier warte ich, bis Sie wieder da sind. Liebe Grüße, old Konny, das dumme schwarze Schaf."

Brief Nummer zwei:

„Liebes Fräulein Timmendorf, hier schreibt der Streithammel. Stellen Sie sich vor, ich darf nach Hause fahren. Mutter ist von der Entziehung zurück. Was war, kommt nicht wieder vor. Ihre Isso."

Jutta sah beim Lesen die Gesichter vor sich und hörte die Stimmen.

Nummer drei:

„Hallo, hallo, da bin ich wieder. Ilona aus der Mitesserrockband! Mit dem neuesten Hit. Das Heißeste vom Heißen. Quetsch me aus, Baby. Das soll's gewesen sein. Bis zum nächsten Mal, wie gesagt, Ihre Ilona, das Herzel."

Nummer dreiundzwanzig:

„Liebe Timme!" Jutta wußte gleich, der Brief war von Wietha, und sie war sicher, daß er nicht kontrolliert worden war, sonst würde sie sich diesen Ton nicht erlauben.

„Frau Hallamat ist mit uns zufrieden. Ich habe mir alles überlegt. Das mit dem FDJ-Sekretär und der Entlassung. Bis jetzt ging alles gut. Für Mutti habe ich Gläser mit dem Fillnitzer Wappen gekauft. Wenn man genau hinsieht, kann man die Filler und die Brücke entdecken. Dort hat sich Konrad ins Wasser gerollt. Bei uns ist Tumult im Haus. Wir nerven Frau Hallamat mit dem Packen. Die Zusagen von den Referaten sind alle da. Ich fahre mit dem Zug, den Sie mir ausgesucht haben. Stellen Sie sich vor, Axel hat mir geschrieben. Frau Winkler wußte von nichts und hat mir den

Brief herausgegeben. Erst wollte ich nicht antworten. Aber der soll nicht denken, ich habe Angst. Das wird ein Urlaub. Wenn Sie zurück sind, habe ich Ihnen viel zu erzählen. Aber keine Bange wegen Axel. Ich bleibe eisern. Ich schicke Ihnen auf jeden Fall eine Karte, vielleicht schon vom Bahnhof aus. Schluß jetzt, die Nachtwache kommt gleich. Wissen Sie noch, als Sie mich in der Schrägen gerettet haben? Ich denke immer daran, wenn Herr Dette nachts Wache schiebt. Auf Wiedersehen, Ihr Frollein Königin."

Eine Bande war das, eine verflucht schöne Bande. Tatsächlich ließ der Druck nach, der auf Jutta lastete. Sie entschloß sich, jeder mit einer Karte zu antworten. So füllte sie den Freitag, nachdem sie der Mutter geholfen hatte, die Gardinen abzustecken. Die Nähmaschine ratterte noch bis spät in den Abend.

Morgen also, lieber Kristof.

Obwohl Mutter Timmendorf bemüht war, nicht zu zeigen, wie neugierig sie auf den Mann war, der Jutta froh und traurig zugleich machte, obwohl Vater Timmendorf sich zurückhielt und auf die Fußballübertragung verzichtete, obwohl Jutta ihren Kristof nicht an die Hand nehmen konnte, um ihn schnell in ihr Zimmer zu bringen, löste sich die Verkrampfung bald. Die Mutter hatte den Gartentisch unterm Walnußbaum gedeckt. Scheint ein patenter Junge zu sein, dieser Mann, dachte der Vater. Da konnte er Jutta losschicken. „Spatz, hol das Radio. Ich will wenigstens mal in das Spiel hineinhören."

Zwei Stunden später lagen Jutta und Kristof tropfnaß auf einer Decke am See. Sie spielten mit ihren Händen auf der Haut. Sie schwiegen und redeten miteinander und fühlten, wie sie einander berührten.

„Ich habe das noch nie erlebt", sagte Jutta. „Alles um mich herum versinkt, wenn du da bist."

Als Kristof Jutta an die Hand nahm und sie ihm auf dem schmalen Weg folgte, wußte er selbst nicht, wohin er mit ihr wollte. Jutta kannte den Weg unter den wilden Kirschen entlang. Hier hatte sie mit Andrea Schnecken gesammelt und der ollen Zicke, es war die Mathelehrerin, in die Tasche gesteckt. Hier war sie dem Gustl weggelaufen, der ihre Brust sehen wollte, hier zog sie sich nach dem Baden um. Kristof verließ den Weg. Er schob ein paar Zweige auseinander, wieder ein paar Schritte, wieder Zweige über ihnen. Sie standen in einem grünen Dom. Er legte ihr seinen Bademantel um die Schultern. Seine Haut war heiß. Irgendwann, wieder tropfnaß auf ihrer Decke, sagte sie: „Ich möchte ein Kind haben." Sie erschrak selbst über diesen Wunsch. Sein Gesicht veränderte sich nicht. Jetzt darf er mich nicht nach der Pille fragen. Bisher hat es ihn nicht gekümmert. Er legte sein Gesicht auf ihren Leib und schwieg lange.

„Ich möchte zwei", sagte er schließlich. „Aber eigentlich müßten es drei werden oder vier, ich habe nicht gezählt."

„Du bist verrückt, Kristof, du bist total verrückt."

„Was bleibt mir bei dir weiter übrig."

Sie schüttelte ihn ab und balgte sich mit ihm, bis sie beide ins Wasser rollten. Sie vergaßen die Eltern, das Haus, den Garten. Barfuß liefen sie über Feldwege der Stadt entgegen, fanden oder erfanden Umwege. Der Himmel rötete sich hinter dem Rathausturm und den beiden Farbrikschloten. Hungrig und matt kamen sie am Abend zu Hause an.

Jutta suchte ihre Lieblingsplatte heraus, ein Klavierkonzert. „Magst du Tschaikowski?"

Kristof saß auf dem Teppich. Jutta warf ihm den Packen Briefe zu.

„Weiß du, was die schreiben?"

Kristof stellte die Musik lauter.

„Wenn die von uns wüßten."

„Du hast Urlaub", sagte er und betonte jedes Wort, was bedeutete, laß die Mädchen.

Aber Jutta war schon eine ganze Woche ohne sie. „Was werden sie jetzt tun?" Jutta sieht sie im Tagesraum, die

Raucherecke ist verqualmt, der Fernseher läuft, sie reden vom Urlaub, die ersten haben ihre Taschen schon gepackt.

„Bist du nicht neugierig, was sie geschrieben haben?“

„Nein!“

„Stell dir vor, der Axel versucht es wieder bei Wietha, er hat ihr geschrieben. Der wird sich wundern.“

„Warum?“

„Du kennst ihn nicht.“

„Ich kenne Wietha!“

„Die Wietha, die werden wir vorzeitig entlassen. Mit dir zusammen kriege ich das durch.“ Kristof antwortete nicht. Er faltete aus den Briefen kleine Schiffe.

Am nächsten Tag aßen sie gemeinsam Mittag. Jutta brachte ihn noch bis zum Stadtrand. „Bei dir dreht sich alles um den Werkhof.“

„Verstehst du das nicht?“

„Du bist wie Vater.“

Der Feldrain wuchs zum Blumenwald.

„Ich mag dich sehr, Jutta.“ Sogar das klang wie Abschied. Er schmückte sie mit blauen Blüten. Jutta trödelte langsam zurück. Eine Blüte blieb ihr im Haar. Die Mutter entdeckte sie lächelnd. In Juttas Zimmer lag noch das Klavierkonzert auf dem Plattenteller. Jutta zog die Papierschiffchen auf einen Faden und hängte sie an ihr Regal.

24.

Schon am Vormittag waren die Temperaturen an den Ofenanlagen unerträglich. Kein Wunder, daß die Mädchen Karin Hallamat bettelten, mit ihnen ins Schwimmbad zu gehen.

„Die Vorschriften, Kinder. Wenn ich keinen Rettungsschwimmer finde, wird nichts draus.“

Sie fanden ihn. Die Mädchen jubelten, als Kristof, wie

versprochen, vorfuhr. Sie waren nicht länger auf ihren Dekken zu halten. Kristof setzte sich zu Karin Hallamat auf die Bank und wachte. Die Mädchen vom Zimmer fünf hingen wie Kletten zusammen. Eins, zwei, drei, und mit Hallo versanken alle fünf Köpfe im Wasser. „Eine Stunde", sagte Karin streng.

Kristof lehnte sich zurück und hielt das Gesicht in die Sonne.

Karin Hallamat fragte ihn nach Jutta. „Urlaub müßte man haben!"

„Die macht sich einen Kopf um Wietha."

Auch Karin schloß die Augen und hielt ihr Gesicht in die Sonne. „Ab September nehmen wir Wietha in die FDJ-Leitung, soll sie zeigen, was sie kann."

Die Mädchen packten Karin und Kristof und schleppten sie zum Wasser. Karin schrie: „Nehmt mir erst die Uhr ab!"

„Eins, zwei ..." Kristof ließ sich kopfüber ins Wasser plumpsen. Mit Geschrei sprangen sie ihm nach, suchten ihn, während er am anderen Ende des Beckens auftauchte. Wietha wollte ihn tauchen. Er hielt sie fest, legte ihr seine Hände auf die Hüften, hob sie mit gestreckten Armen ein wenig aus dem Wasser, ließ sie zappeln, um sie dann hinunterzudrücken. Sie aber fühlte noch den Druck seiner Hände und wie sie ihm in die Arme glitt. Wietha wünschte sich, nie mehr aufzutauchen. Aber sie war kein Fisch. Als sie den Kopf aus dem Wasser hob, war ihr schöner Traum vorbei. Kristof saß am Beckenrand. Seine Beine baumelten im Wasser. Sie rubbelte sich trocken und legte sich auf ihre Decke.

„Warum liegst du ausgerechnet auf dem Weg rum." Kristof stieg mit einem langen Schritt über sie hinweg, um auf seine Bank zu kommen. Wietha rollte sich auf den Bauch und drückte ihr Gesicht ins Gras. Eine Ameise krabbelte ihr über den Arm. sie wischte sie ärgerlich mit dem Handrücken weg. Die Timme hat's gut. Wietha stellte sich vor, wie sie mit ihm auf der Decke liegt. Eng aneinandergekuschelt. Morgen um diese Zeit, dachte sie. Ich werde bei Oma sein. In ihrem Haus ist es auch bei der Hitze kühl. Sie wird mich streicheln, und ich werde erzählen. Von der Bank her hörte sie Karins Stimme. „Wietha, zieh dich an, ich muß dich noch mal wegschicken.“ Sie sollte für die Urlauber die bestellten Fahrkarten abholen. Karin zählte ihr hundertzweiunddreißig Mark fünfzig vor, tütete sie ein und überreichte sie Wietha.

„Kann ich mit?“ Konny, noch pitschnaß, bat darum.

„Die kann Wietha allein tragen.“ Auch das Herzel wurde abgewiesen.

„Immer dieselben“, maulte Isso, was nicht stimmte, Wietha durfte zum erstenmal mit Geld in die Stadt.

Wietha sauste los. So schnell und so weit wie möglich von diesem Kristof Bachmann, bevor sie ihm ins Gesicht schrie, wie egal er ihr war.

Die Frau hinter dem Schalter zählte das Geld nach, bevor sie Anträge und Fahrscheine durchschob.

„Nächstes Mal ein bißchen früher, bestellen Sie das!“

Wietha nickte. Sie nahm den Packen und trat zur Seite. Was für ein Gefühl, die Fahrkarte schon in der Tasche. Sie ging durch die Bahnhofshalle bis zu den Bahnsteigen hin. Sie mischte sich unter die Wartenden. Der Gepäckwagen wurde herangefahren. Rucksäcke, Koffer, Taschen, einen Seesack entdeckte sie und versuchte zu erraten, wer zu welchem Gepäck paßte. Der Zug fuhr ein. Wietha setzte sich und umklammerte das Brett. Der Trubel auf dem Bahnsteig ließ nach. Ein Fenster wurde geöffnet. Eine alte Frau winkte einem Kind. Noch konnte Wietha aufstehen, einsteigen. Die Türen fielen zu. Noch immer wäre Zeit.

Warum fuhr er nicht endlich ab. Der Boden unter ihr schwankte, die Bank hob sich. Sie löste die Hände von der Bank und preßte sie gegen die Lippen.

Einer der Armisten winkte ihr zu. Wietha preßte sich gegen die Bank, daß es schmerzte. Endlich der Pfiff, das Signal zur Abfahrt. Langsam setzte sich der Zug in Bewegung. Wietha stand erst von der Bank auf, als der letzte Wagen an ihr vorüber war. Wie nach zu großer Anstrengung fühlte sie sich zerschlagen. Und die Fingernägel. Sie merkte immer zu spät, wenn sie geknabbert hatte. Sie steckte beide Hände in die Hosentaschen. Sie blickte sich noch einmal um. Keine drei Schritt hinter ihr stand Kristof Bachmann.

„Aufpasser“, fauchte Wietha.

„Ich will dich hochfahren.“

„Ich kann laufen!“

„Auf dem Parkplatz wartet . . . der Trabbi“, sagte Kristof.

„Ich habe das nicht so gemeint“, sagte sie, als sie neben ihm saß. Weil er nicht antwortete, fügte sie hinzu: „Sie sind bestimmt von mir enttäuscht.“

„Quatsch“, sagte er, aber sie sprach weiter.

„Ich enttäusche nämlich alle. Die mich mögen, die am meisten. Dagegen kann ich nichts machen.“

„Unsinn!“ Er bremste, kuppelte, schaltete auf den zweiten Gang, als er zum Siebenstieg links abbiegen mußte.

„Du mußt dir mehr zutrauen.“

„Wenn die Timme meine Fingernägel sieht.“

Sie fuhren an Karin Hallamat vorbei. Kristof hupte kurz zum Gruß und gleich noch mal, damit die Mädchen ihm Platz machten. Wietha winkte.

„Ich mag die Timme, ich meine Fräulein Timmendorf nämlich.“

„Ich erst.“

Wietha vergaß das Winken. „Schade.“

Kristof fuhr am Pförtner vorbei und grüßte, er hielt.

„Schade“, sagte Wietha zum zweitenmal. „Schade, daß wir die Timme mögen.“

Er löste die Gurte.

„Wieso schade?“

Da fiel sie ihm in die Arme. Mit ihren Lippen berührte sie seinen Mund und stürzte davon.

Wietha setzte sich auf die unterste Stufe der Treppe und hielt sich die Hände vors Gesicht. Wenn ich doch heulen könnte, dachte sie. So fanden sie Festus und Herzel, die den anderen eine Kurvenlänge voraus waren.

„Ich habe Mist gebaut."

„Mit dem Geld etwa?" Festus bekam einen Schreck.

„Mit den Fahrkarten?" Wietha schüttelte auch bei Herzels Frage den Kopf.

„Wenn ich nicht fahren kann, du." Festus wurde um die Nase herum ganz blaß.

„Na, komm erst mal. Wenn's Geld stimmt und die Fahrkarten da sind, kann's nicht so schlimm sein." Die beiden nahmen Wietha in ihre Mitte, faßten ihr unter die Arme und hievten sie hoch, ob sie wollte oder nicht.

„Ich habe ihn geküßt!"

„Wen hast du geküßt?"

„Nur ganz schnell."

„Den Bachmann? Wietha, den Bachmann etwa?"

Am Morgen, als Wietha sich von Herzel und Festus verabschiedete, verlangte sie: „Sagt das keinem."

Wietha bekam von Karin Hallamat die Papiere.

„Axel hat dich im Stich gelassen. Vergiß das nicht."

„Meinen Schmuck", verlangte Wietha. Karin gab ihr Ring und Kette.

„Du findest bestimmt einen anderen Freund."

Wietha steckte sich den Ring an, legte sich die Kette um. Das silberne Herz fiel auf den Samtpullover mit den Regenbogenfarben.

„Das wird dir ganz bestimmt zu warm", sagte Karin Hallamat, die Wietha quittieren ließ. Endlich kam Wietha weg. Die Welt schien ihr groß geworden, seit sie auf kleinem Raum lebte. In sechs Tagen habt ihr mich wieder, dachte sie und musterte die Leute, die mit ihr in den Zug drängten. Heute sah Wietha die Bank vom Fenster aus. In ihrer Tasche trug sie Axels Brief.

„Liebe Wietha, verlaß mich nicht, ohne dich kann ich nicht leben." Der sagt immer das gleiche, dachte sie.

Wietha spielte mit dem Ring an ihrer Hand. –

Wie wird die Mutter Wietha aufnehmen, dachte Jutta. Was hatte Axel an Wietha geschrieben? Was hatte sie ihm geantwortet? Jutta hielt es zu Hause nicht mehr aus. Sie beschloß, sich zu überzeugen.

Wiethas Mutter wohnte noch immer in dem alten Abrißhaus.

„Ist ihr was passiert?“ Jutta blieb verlegen auf dem Abtreter stehen.

„Ich habe Urlaub“, sagte sie schüchtern. „Ich möchte mit Ihnen reden.“

Jutta betrat den schmalen Flur und folgte der Mutter in das Wohnzimmer.

„Wietha hat Ihnen doch geschrieben?“ Die Frage stellte Jutta ungeschickt, weil sie nicht wußte, wie sie mit dem Gespräch beginnen sollte. Ohne Anfrage und Zusage wurde niemand nach Hause geschickt. Die Mutter vermutete sofort einen Angriff.

„Ich habe gleich geantwortet. Hat sie sich etwa beklagt?“ Sie wollte sich eine Zigarette anzünden, brach aber das Streichholz ab.

„Ihr wäre viel erspart geblieben. Auf mich hat sie ja nicht hören wollen.“

Jutta dachte an die kleine alte Frau Leuschner. Die hätte sich zu ihr gesetzt und gefragt, wie kann ich ihr helfen, Fräulein. Dorthin müßte Wietha entlassen werden.

„Wo wird Wietha schlafen?“ fragte Jutta.

„Möchten Sie Kaffee?“

„Die Oma, die Frau Leuschner, hat Wietha im Krankenhaus besucht.“

„Die lange Fahrt . . ., Wietha versteht das.“

„Sie wird schon im Januar entlassen werden, Frau Kosin.“

„Das hätte man mir aber sagen müssen.“

„Frau Kosin, Sie sollten stolz auf Wietha sein. Sie ist fleißig und wird die ganze Gruppe leiten.“

„Die täuscht. Glauben Sie mir, ich kenne sie besser.“

„Frau Kosin!“ Jutta stand auf.

„Denken Sie, ich weiß nicht, was Sie wirklich wollen. Das werde ich nie erlauben. Damit kommt meine Mutter nicht durch. Niemals. Ich verbiete . . ."

Jutta wartete den Zug ab, mit dem Wietha kommen mußte. Sie suchte sich einen Platz, von dem aus sie den Bahnsteig überblicken konnte.

Wenn man von allen Mädchen wüßte, woher sie kommen, dachte Jutta. Wiethas Jugendfürsorger mußte unbedingt eingeschaltet werden. „Vorsicht bei der Einfahrt des Zuges!" Der Bahnsteig vibrierte, Bremsen kreischten, Türen flogen auf. Aus dem letzten Wagen kletterte Wietha. Sie wollte sich vom Pfosten lösen, um ihr entgegenzugehen, als sie ein Blick traf. Woher kannte sie den? Er ging schnell an ihr vorüber. Wietha flog diesem Mann in die Arme. Wenn Jutta sich nicht rührte, gingen sie an ihr vorbei, ohne sie zu bemerken. Jutta rief zweimal. Nun war es Wietha, die erschrak. Sie wollte Axel loslassen. Er hielt sie fest. Axel war hier nicht im Werkhof. Niemand konnte ihn von Wietha trennen. Niemand fand etwas dabei, daß die zwei sich küßten.

„Dein Fräulein denkt, wunder wer sie ist."

„Wietha, ich muß mit dir reden!"

„Wietha hat Urlaub. Die spioniert dir nach, Wietha."

Da riß sich Wietha von ihm los. Das war so überraschend für ihn, daß er einen Augenblick brauchte, um es zu fassen.

Jutta nutzte diesen Augenblick, faßte Wietha an der Hand und zog sie schnell mit sich fort. Sie wurden langsamer, als sie merkten, er folgte ihnen nicht.

„Ich wollte nicht zu ihm", sagte Wietha.

Jutta ließ schweigend ihre Hand los. Wietha lief plötzlich über die Straße. Ehe Jutta begriff, war sie verschwunden.

25.

Wietha kam pünktlich aus dem Urlaub zurück. Jutta ließ sie die Tasche auspacken, fragte nach dem mitgebrachten Bargeld, kontrollierte das Portemonnaie, nahm ihr den Schmuck ab und verschloß alles im Panzerschrank. Wietha zeigte sich sehr verschlossen.

Karin Hallamat sagte: „Sie ist pünktlich zurückgekommen, was willst du mehr." Viel mehr, dachte Jutta. Sie fühlte, daß Wietha ihr auswich. Bis zu Konnys Entlassungsfeier blieb das so.

Konny hielt eine Rede, über die alle staunten, besonders die Neuen. Sollte sie froh sein, daß sie hier rauskam. Konny verteilte Aufgaben und gab Tips. Als ehemaliger „Erster" stand ihr das zu.

„Bis Weihnachten", sagte sie, „bis dahin müßt ihr die Neuzugänge soweit haben, daß sie ordentlich sind. Lieber mal streng sein. Wenn ich euch besuche, nicht daß ihr die Gruppe runtergewirtschaftet habt." Konny ließ sich durch Issos Tränen nicht ablenken. „Laßt man, Leute, schreibt, wann ihr Leitungswahlen habt, damit old Konny antrabt." Nun röteten sich auch Konnys Augen. „Und daß ihr auf Wietha hört. Frolleinchen, reiß dich zusammen!"

Wietha sagte: „Ich muß was beichten." Eine Pause folgte. „Ich war eine Nacht lang nicht zu Hause. Mutter wollte es hier melden, aber das wird sie nicht tun. Sie hat Angst, ich komme sonst zu Oma. Ich will ein ehrlicher FDJ-Sekretär sein. Konny war mein Vorbild."

„Das hätte ich ihr nicht zugetraut", sagte Karin leise zu Jutta. Jetzt weinten auch die Neuen. Jutta sah zu ihnen hinüber. Da saß Rocky. Einzelkind. Vater Bildreporter, Mutter Psychologin. Schulabschluß der Tochter: zehnte Klasse.

Aus dem Einweisungsbeschluß: Rowdytum, sittliche Gefährdung, sadistische Tendenzen.

Positive Anknüpfungspunkte: Sportinteresse.

Neben ihr Sibylle. Auch Einzelkind. Vater in der BRD, Mutter Verkäuferin.

Schulabschluß der Tochter: zehnte Klasse.

Aus dem Einweisungsbeschluß: übersteigertes Geltungsbedürfnis, Fälschung, Betrug, Bummelei. Suizidgefährdet.

Positive Anknüpfungspunkte: musisch begabt und interessiert.

„Wenn du mal Sorgen hast, Konny, komm. Wir haben dich alle gern", sagte Karin jetzt.

Dann flüsterte Karin Jutta zu: „Eigentlich muß ich rübergehen, ich glaube, Juli wird krank."

Jutta legte Konnys Lieblingskassette ein. Als sie sich umdrehte, stand Herzel vor ihr.

„Soll ich Ihnen geben." Sie drückte Jutta einen Zettel in die Hand. Darauf stand: „Es soll sein wie früher. Wietha." Herzel wartete auf Antwort. Jutta schob sie zur Seite. „Wenn Isso fertig ist, rede ich mit ihr."

Isso kam vor Tränen kaum zum Sprechen.

„Ich verspreche, Konny", Isso bekam ihre piepsige Stimme, „ich verspreche, ich werde nie mehr eine Freundin haben, nur dich, Konny, is so."

Issos Lippen wurden schmal, als Herzel sagte: „Ist doch Kikki, keine Freundin, gerade du. Du machst dich an die Neuen ran."

Isso hoffte, Konny würde widersprechen, aber sie hoffte umsonst. Herzel hatte ihr schon vor Tagen gemeldet, daß Isso sich mit Rocky im Waschraum eingeschlossen hatte.

„Ich habe immer zu dir gehalten, ich habe nicht verraten, daß wir beide mit Karin Hallamats Schlüssel in der Kammer waren."

„War nicht dein Schade, oder?"

„Halt's Maul!" Konny stürzte sich auf Isso. Sie riß einen Stuhl dabei um und stieß sich am Tisch.

„Aber, Konny", wimmerte Isso, die nicht begriff, warum

Konny so wütend auf sie war. Sie rannte aus dem Tagesraum.

Karin stellte sich an die Tür und stoppte Konny. Jutta löschte die bunte Beleuchtung und schaltete das Deckenlicht an.

„Setzen", sagte Karin. Die Mädchen setzten sich still auf die Stuhlreihe entlang den drei Wänden.

„Du nicht!" Sie ließ Konny wieder aufstehen.

Es klopfte zaghaft an die Fensterscheibe. Festus drehte sich um.

„Bastel", meldete sie.

„Ich komme gleich wieder", sagte Karin, und Festus versuchte, das dem Jungen durch das geschlossene Fenster hindurch zu erklären.

„Juli hat Bauchschmerzen."

„Ich habe doch gesagt, ich komme gleich."

Jutta stand leise auf und ging hinaus. Sie rief Bastel vom Fenster weg.

„Tante Jutta", sagte Bastel, „wenn sie doch so weint."

„Du bist schon ein großer Junge, Mutti kommt gleich, ganz bestimmt. Ich verspreche es dir."

„Ja, es stimmt", sagte Konny, als Jutta wieder hereinkam. Von dem, was Karin jetzt sagte, hing ab, ob Konny sich jemals wieder im Werkhof blicken lassen konnte.

„Wir haben dir vertraut, Konny." Bewegung kam in die Gesichter. „Wir haben ihr zu Recht vertraut."

„Aber daß sie klaut", sagte Festus, „nee, Frau Hallamat."

„Eben noch war sie unsere Konny", sagte Karin.

„Da wußten wir noch nicht . . ."

Karin ließ Herzel nicht ausreden. „Natürlich nicht, aber dürfen wir deshalb alles vergessen? Was glaubst du denn, Ilona Herzog, warum du mit zur Ostsee fahren durftest. Und du, Festus, Konny hat gesagt, Festus fährt in Urlaub, und du, Wietha, hast du nicht eben gesagt, Konny ist dein Vorbild. Hast du keine Fehler? Das verlangt ihr von Konny. Konny, du wirst achtzehn. Ich weiß, du lernst aus deinen

Fehlern. Ich denke, das hat sie uns schon manches Mal bewiesen. Wer holt Marita zurück?" Wietha ging.

Karin wirkte erschöpft.

Wietha kam zurück. Allein. Sie ging zu Konny, die hilflos vor den Mädchen stand.

„Da nimm", sagte Wietha. Es war eine Handvoll langes weiches Haar. Konny schrie auf und ließ es fallen. Niemand merkte, daß Isso hereingekommen war.

Die Mädchen wichen vor ihr zurück. Konny führte Isso wie eine Kranke zum Stuhl.

„Die ist verrückt", flüsterte Herzel.

Wieder klopfte es an das Fenster, aber niemand drehte sich um.

„Die Kinder!" Karin hatte sie einfach vergessen.

26.

Isso stand neben Rocky am Band. Während ihre Finger den Zwieback ordnend in die Laufrinne schoben, sagte sie: „Ich stelle einen Antrag, daß du in unser Zimmer kommst."

„Hast du Wietha gefragt?"

„Die?" Isso lachte. „Dann bleiben wir für immer zusammen."

„Ihr spinnt doch alle beide", schimpfte Anneliese.

Als Wietha aus ihrer Pause zurückkam, schwiegen sie.

Isso stichelte: „Früher warst du nicht so eingebildet, is so. Mancher verträgt's nicht, Erster zu sein."

„Du bist heute in der Versammlung dran", sagte Wietha ruhig.

Jede Woche mußte ein Mädchen sich selbst einschätzen. „Hast du das schriftlich gemacht?"

„Spiel dich nicht auf. Mich hat der Bachmann noch nicht geküßt, Wietha."

„Was seid ihr zwei gehässig", mischte sich Anneliese ein.

Im Bus setzte sich Wietha absichtlich neben Isso.

Isso zupfte an ihrem kurzen Haar. „Mich regt eben alles auf."

„Wie schnell dein Haar wächst." Wietha strich ihr über den Kopf.

„Ich möchte zum Friseur", sagte sie, „hilfst du mir?"

In der Leitungssitzung stimmten alle der Einschätzung zu.

„Daß Konny nicht schreibt", sagte Herzel, die nun FDJ-Funktionär war, verantwortlich für Kultur.

„Die traut sich nicht." Für Wietha war das klar. „Wir müßten ihr schreiben."

Zur Gruppenversammlung kam Kristof Bachmann. Wietha mußte ihn empfangen. Sie fühlte sich von Rocky beobachtet. Ihr fiel sofort die Drohung ein. Hätte sie bloß nichts von dem Kuß erzählt. Wenn sie gleich mit Jutta reden könnte.

Die Mädchen aus der Leitung saßen der Gruppe an einer Tafel gegenüber, die mit Fahnentuch bedeckt war. An der Seite zwischen Gruppe und Leitung saßen Karin, Jutta und Kristof.

„Wie sie sich rausgemacht haben", flüsterte Karin Jutta zu.

Wietha trug ihr Haar im Nacken zu einem Zopf geflochten. Sie leitete souverän. Punkt eins: Lied. Punkt zwei: Die Woche im Überblick. Die Vorbereitung hatte sie sich angesehen, obwohl das Herzels Aufgabe war. Jutta sah, wie Wietha im Arbeitsbuch blätterte. Ihr fielen die gepflegten Fingernägel auf. Wietha fühlte den Blick und lächelte.

„. . . den Schauspieler haben sie wieder zum Präsidenten gewählt . . ."

„Den müßten sie abschießen", rief Herzel dazwischen.

„Denkste, der allein macht die Politik?" Wietha ärgerte sich über Herzel.

Nun meldete sich Kristof. Er sprach vom vorgetäuschten Vorwand und kam auf den Reichstagsbrand. Weil sie ihn nicht verstanden, nannte er Dimitroff. Da hellten sich einige Gesichter auf.

„Da gab's doch einen Film."
„Ich wohne in der Dimitroffstraße."
„Punkt drei! Isso, berichte."
Isso kam hinter der langen Tafel vor. Sie las: „Meine Stellungnahme!"
Isso las stockend vor. „Kritik soll ich als helfend anerkennen. Das packe ich nicht", sagte sie und ließ die Schultern hängen.
„Das stimmt nicht", sagte Wietha. „Es kommt darauf an, wie man dir etwas sagt."
Sie las weiter: „Marita soll ihre Kleidung pflegen. Ich falle nicht mehr auf. Meine sexuellen Probleme. Einen Freund habe ich nicht. An meine Mutter schreibe ich regelmäßig, obwohl sie mir nie antwortet!" Isso schob trotzig die Lippen vor.
„Zu meiner Alten will ich gar nicht."
„Punkt vier!" Wietha gab Festus das Arbeitsbuch zur Auswertung zurück. Keins von den Mädchen, die länger da waren, lag unter hundert Prozent in der Normerfüllung. Karin strahlte, als Kristof sich meldete und im Namen des Meisters dankte. „Wir sind stolz auf euch", sagte er.
Isso umarmte Wietha nach der Versammlung. „Ich hatte richtig Schiß."
Wietha machte sich frei. „Morgen geht's zum Friseur."
Jutta kam noch mal ins Zimmer, um Wietha das Gruppenbuch zu bringen.
„Fräulein Timmendorf, in Ihrem Urlaub, ich habe Herrn Bachmann geküßt."
„Denkst du, das weiß ich nicht", sagte Jutta.

27.

„Sie wollten mich vom ersten Tag an trösten."

„War das verkehrt?"

„Ich wollte keinen Trost."

„Du mußt weiterdenken, Wietha. Du könntest zur Abendschule gehen, du könntest deinen Facharbeiter machen. Du könntest sogar Erzieherin werden. Du mußt dir das zutrauen!"

„Sie haben Kristof."

Jutta suchte für Wietha Bücher aus, brachte Schallplatten mit in die Gruppe, ging mit den Mädchen ins Museum. Karin fand, das wäre endlich mal etwas Neues, inhaltlich wertvoll. Hugo nannte es in der Dienstbesprechung vorbildlich.

„Wenn ich die Platte höre, träume ich mich in einen Wald mit blauen Blumen."

Wietha dachte: Ich sehe überhaupt nichts. Ich kann mich anstrengen, wie ich will.

Melissa polkte an ihrem Fingernagel. Herzel gähnte. Und immer noch lächelte die Timme. Sybille bat darum, die Platte noch einmal hören zu dürfen. Die anderen wehrten erschrocken ab.

Außer Sybille blieb niemand.

Jutta hoffte auf den Museumsbesuch. Ein junger Maler stellte aus. Zeichnungen, Aquarelle, Öl.

Jutta ließ Wietha nicht von ihrer Seite. Sie erklärte. „Die weiße Lilie, man findet sie auf vielen Bildern von ihm." Sie sprach von Symbolik, vom Leben und Sterben, von Schönheit und . . . Sie schwieg betroffen. Vor ihr stand der Mann, dessen Foto auf der Tafel am Eingang der Ausstellung zu sehen war.

Er rauchte.

„Ihr dürft nicht", sagte eine zierliche Frau und stand von ihrem Stuhl auf. Sie wies auf das Verbot, sie zeigten auf den Mann.

„Er ist es selber", wisperte die Frau.

Sibylle ging auf ihn zu.

„Das verstehe ich nicht", sagte sie und zeigte auf eine rote Kugel, die sich im blauen Nichts verlor. Man konnte sich ein Gesicht hineindenken. Der Maler lachte.

Sie folgten in den nächsten Raum. Die Mädchen erstarrten. Da hing ein Regenfisch im Rahmen. Er drückte mit dem Maul gegen eine Fensterscheibe.

„Konrad", sagte Wietha.

„Wie?" fragte der Maler.

„Konrads Flosse ist schärfer gezackt."

„Mäkel nicht", sagte Herzel, ging auf den Maler zu und küßte ihn. Was schön war, mußte sie mit der Schnute berühren. Wieder lachte der Maler. „Sie machen nichts weiter als malen, den ganzen Tag?" Rocky streckte die Brust raus. Mit der Nackten auf dem Bild konnte sie sich allemal messen.

„Malen Sie auch Träume?" Wieder wunderte sich Jutta über Sibylle. Von ihr weißt du noch weniger als von Herzel, dachte sie. Das muß sich ändern.

Sie schwärmten auf dem Heimweg von den Bildern und dem Maler.

„Schon wie der dastand!" Festus wunderte sich. Auch sie war begeistert.

„Ein Rasierwasser benutzt der!" Mit allen Fingerspitzen warf Herzel Küsse aus.

Jutta wartete auf Wietha. Weil sie nicht kam, ging sie selber zu ihr.

Ein anderes Mal brachte Jutta Gedichte mit.

„Meine Mutter macht selber welche", sagte Herzel, „für meine Tochter, die mir Kummer macht, / die mich nicht schlafen ließ so manche Nacht. / Nun bin ich ganz alleine / und weine.

Das hat noch mehr Strophen, Fräulein Timmendorf. Die letzte beginnt: O Kind, komm endlich heim zu mir, / mein Herz sehnt sich so sehr nach dir . . ."

„Fräulein Timmendorf meint richtige Gedichte", sagte Wietha.

Es wurde still im Tagesraum.

Das Becher-Gedicht kannte Jutta auswendig. Leise begann sie es aufzusagen:

Sag, welch ein Wunder ist geschehn?
Ich kann mit deinen Augen sehn,
In meinen Schritten ist dein Gehn,
Was du verschweigst, kann ich verstehn,
Dein Wort ist in des Windes Wehn . . .

Wietha schloß die Augen.

28.

Im Werkhof begann Weihnachten zwei Tage vorm Vierundzwanzigsten mit Feierstunde, Programm, Gästen, Glühwein und Geschenken. Am darauffolgenden Tag war die große Heimreise. Fünf Erzieher machten an dem Vormittag Dienst auf dem Bahnhof, um alle ordentlich in die richtigen Züge zu setzen. Im Heim wurde es still. Einzelne warteten noch auf die Zusagen, ehe sie losgeschickt werden konnten. Letzte Anrufe, Nachfragen, Ermahnungen. Die Zurückbleibenden mußten umziehen. Die Mädchen in das Haus, das am leichtesten zu heizen war, die Jungen in das Haus, das sich am besten beobachten ließ, neben dem Pförtner.

Aus Juttas Gruppe waren es nur Isso und Rocky. Und Wietha wartete noch. Sie sollte mit dem Auto abgeholt werden. Die Oma hatte einen Nachbarn um diese Fahrt gebeten, die sie zugleich nutzen wollte, um mit dem Direktor zu sprechen. Als sie ankam, ließ er Jutta Timmendorf holen. Der Schreibtisch wirkte verlassen. Die Sekretärin half in der Küche, wo für die Erzieher ein Festessen bereitet wurde. Einmal im Jahr, wenn das Heim leer war, trafen sie sich bei Entenbraten und Wein. Der Einsatzplan für die Feiertage wurde herumgereicht. Jutta kannte das schon.

„Ich komme wohl sehr ungelegen", entschuldigte sich Frau Leuschner. Sie reichte Jutta die Hand. „Ich habe es geschafft", sagte sie. Sie suchte in ihrer Handtasche das Schreiben. Hugo erschien in der Tür und bat die beiden zu sich ins Büro.

„Das ist Kollegin Timmendorf", stellte er vor.

„Ich kenne das Fräulein schon."

Die Frau nickte zu allem, was Hugo sagte. Ob er von der Verantwortung sprach, von Vertrauen. „Gemeinsam mit den Kollegen von der Jugendhilfe haben wir im Sinne Wiethas entschieden."

„Wenn der Herr Direktor sehen möchte", sagte sie und zeigte ihm das Schreiben, als er eine Pause machte.

„Wir hoffen, daß sich Wiethas positive Entwicklung bei Ihnen fortsetzt."

Sie nickte. „Ein Studierter hat unterschrieben, Herr Direktor. Und einen Stempel haben sie auch darauf getan. Sehen Sie nur."

„Sie wird Ihnen keinen Ärger machen", sagte er endlich, „nicht wahr, Kollegin Timmendorf."

„Wietha wartet schon", sagte Jutta.

Hugo erhob sich hinter seinem Schreibtisch.

„Wietha wird auch mal weggehen wollen", sagte Jutta, als sie mit Wiethas Oma zur Gruppe ging. „Sie muß Ihnen aber sagen, wohin sie will und wann sie zurückkommt. Und lassen Sie sie ruhig bei der Hausarbeit helfen, Frau Leuschner."

Jutta begleitete die beiden noch zum Auto und winkte ihnen nach. Heiligabend hatte sie Dienst.

Wieder leuchtete der Weihnachtsbaum, wieder gab es Geschenke und bunte Teller mit Schokolade, Nüssen, Apfelsinen. Alles war da. Elf Mädchen saßen beim Glühwein im Tagesraum.

„Isso, ich möchte mich gerne auf dich verlassen können."

„Klar", sagte Isso. Wenigstens über Weihnachten durfte sie Erster sein. „Wir machen es uns gemütlich, Fräulein Timmendorf."

„Aber wie machen wir das?"

„Wir legen die Weihnachtsplatte noch mal auf und schalten alle Lampen aus."

„Ich habe eine Weihnachtsgeschichte mitgebracht", sagte Jutta.

„Dürfen wir rauchen?"

„Es war in einem kalten Winter . . ."

„Mutti hat nur noch mich", sagte eine kleine Dunkle, die erst vor zwei Tagen gekommen war. Sie konnte sich nicht länger beherrschen und weinte.

Isso warf sich nach hinten und lachte.

Daß der Dienst so schwer werden würde, hatte Jutta nicht geglaubt. Karins Tips: Denk dir vorher aus, womit du sie beschäftigst, immer beschäftigen, damit die Zeit vergeht.

Sie warf Karten auf den Tisch. „Lotterie. Ein Spiel, man muß es nicht kennen, man muß gewinnen." Alle spielten mit. Eine Stunde verging. Essen, trinken, Spiele, warten. Hugo kam.

„Herr Bachmann, darf ich nie nach Hause fahren?" Das fragte eine große Stabile, die am lautesten gelacht hatte.

„Solange Ihre Eltern ablehnen."

„Aber das ist doch gemein. Die dürfen das gar nicht."

„Ihr Jugendfürsorger denkt, daß es im Februar klappt."

„Und ich, Herr Bachmann. Muß ich zu meiner Mutter zurück?" fragte Isso.

„Ihr Jugendhelfer hat Ihnen doch geschrieben."

„Er hat ein Päckchen geschickt", sagte Jutta verlegen. „Es sollte eine Überraschung werden heute abend."

„Aber Sie haben ihm lange nichts von sich berichtet." Woher wußte Hugo das so genau?

Er sprach mit jedem Mädchen. Zu der Neuen sagte er:

„Nächstes Jahr um diese Zeit feiern Sie mit Ihrer Mutter. Sie kommt morgen.“ Die Neue lachte weinend.

Als Hugo ging, brachte Jutta ihn zur Tür.

„Mir ist einfach nichts eingefallen, um sie abzulenken“, entschuldigte sie sich.

„Mir auch nicht“, sagte er. „Ablenken ist vielleicht gar nicht richtig.“ Er ließ sie stehen. Wieder mal wäre sie ihm am liebsten nachgelaufen und hätte gesagt, ich bin manchmal ungerecht zu Ihnen.

Jutta stieg die Treppe zur Kammer hinauf. Als sie zurückkam, warteten alle elf auf sie.

„Päckchen habe ich nur für Isso.“

„Wir wollen sehen, wie sie auspackt.“

Isso verlangte eine Schere, aber Jutta ließ sie die Strippe aufknüppern. Die Mädchen bildeten um Isso einen Kreis. Isso tat gelangweilt. Als sie endlich den Deckel hob, strahlte sie. Es war ein Päckchen, wie Isso es noch nie im Leben bekommen hatte.

„Liebe Marita!“ las sie und nahm die erste Apfelsine in die Hand, die sich ihr entgegenstreckte.

„Du sollst dich nicht verlassen fühlen“, las Isso. Ihre Hände fühlten eine Tafel Schokolade, die sie Rocky zuschob.

„Wenn dein Fürsorger das sehen würde“, sagte Jutta.

Isso las weiter: *„Nicht mehr lange, und du wirst auf eigenen Füßen stehen.“*

Einen Marzipanzapfen verschenkte sie nun.

„Deine Mutter weigert sich, dich aufzunehmen. Wir denken, daß es vielleicht sogar für dich besser ist, wenn du ein eigenes Zimmer bekommst.“ Wieder hatte sie etwas in der Hand. Bevor sie es weggab, schnupperte sie daran. Seife.

„Wir hoffen, die Sachen gefallen dir, besonders das, was zuunterst liegt.“ Noch immer griff Isso wahllos hinein und verschenkte.

„Alle Mitarbeiter drücken dir die Daumen und wünschen dir ein schönes Fest.“

Da ertasteten Issos Finger noch etwas.

Sie wickelte aus.

Einen Haarreif, golden, mit kleinen Steinen besetzt, wie sie ihn sich immer gewünscht hatte.

„Ist der schön", sagte Rocky.

Isso ließ sich in den Sessel fallen. Mit beiden Händen griff sie sich in ihr Haar und riß daran. Jutta dachte nur eins: Sie darf nicht in die Toilette rennen. Wenn sie sich dort einschloß, konnte sie sich die Finger wund klopfen. So unauffällig wie möglich näherte sie sich der Tür. Geschafft. Sie schloß rum und zog den Schlüssel ab.

Als Jutta an diesem Abend nach Hause kam, liefen ihr die Tränen übers Gesicht. Kristof nahm sie in die Arme. Er hatte ein Bäumchen besorgt und geputzt. Darunter lag sein Geschenk: eine kleine Keramikmadam.

29.

Wietha kam mit einer prallgefüllten Tasche zurück.

„Kein Doppelkorn dabei, Fräulein Timmendorf." Sie packte aus und stülpte die Tasche um. „Das ist alles von Oma. Meine Mutter, die hat immer aufs Geld geguckt."

„Das mußte sie auch."

Wietha hörte den Einwand nicht. „Ich konnte gar nicht alles tragen. Und raten Sie mal, wer mir ein Päckchen geschickt hat. Na? Darauf kommen Sie nie. Peter!"

„Woher weiß er denn . . ."

Wietha ließ Jutta nicht ausreden. „Ein Regenfisch weiß alles."

„Warst du beim Referat?"

„Alles in Butter."

Nach zwei Tagen glänzten die Dielen wieder, führte Wietha die Leitungssitzung durch, wertete aus, bereitete ihren Nachfolger vor. Die Wahl fiel aufs Herzel. Karin stöhnte. „Mit der werden wir was erleben."

Wenn ich doch noch bleiben könnte, dachte Wietha. Oma hatte ihr die Abendschule gezeigt und gesagt: „Schön, daß du die zehnte Klasse nachholst."

Wietha hatte sich auch in dem Betrieb vorgestellt. Es war eine Waffelfabrik. Lust hatte Wietha nicht, ihren Facharbeiter zu machen.

Jutta sagte: „Den Teilfacharbeiter hast du, wenn du entlassen wirst. Deshalb hast du bei uns gelernt."

Oma schrieb: *Dein Zimmer ist fertig. Jetzt fehlst nur noch du.*

Die Jugendhilfe schrieb: *Wir freuen uns sehr über deine positive Entwicklung und hoffen ...*

Die Mädchen warteten auf die Entlassungsfeier. Vorher aber war Heimvollversammlung. Die GOL hatte beschlossen, daß Wietha die Wahl leiten sollte. „Als FDJ-Sekretär deiner Gruppe erwarten wir das von dir." Wietha zitterte bei dem Gedanken daran, daß sie vor zweihundert Leuten reden sollte.

„Du mußt dir nur alles genau aufschreiben", riet ihr Jutta.

Sie brachte Wietha eine rote Mappe mit. Dann hast du alles, was du brauchst, beisammen.

Wietha bereitete sich vor. Es machte sogar Spaß. Sie trabte zu den Jungen, die das Kulturprogramm übernommen hatten, und fragte, wie weit sie seien. Sie meldete sich bei Hugo Bachmann an und diskutierte mit ihm über die Disko. „Wir brauchen keine Erzieher dabei, Herr Bachmann, wir können selber auf uns aufpassen, wenn die GOL das übernimmt, oder trauen Sie uns das nicht zu?"

Grobe Disziplinverstöße mußten ausgewertet werden. Es gab Urlauber, die nicht freiwillig zurückgekommen waren. Die Timme beruhigte Wietha. „Es ist nicht anders als eine Gruppenversammlung."

„Und die Wettbewerbsauswertung?"

„Die holst du dir von der GOL."

Da stürzte Isso ins Zimmer. Sie riß die Gardine zur Seite. „Konny kommt, Konny, Wietha, guck doch mal!"

Tatsache. Und Wietha sah, daß die ersten Gruppen schon zum Kinosaal gingen. Isso bettelte: „Frau Hallamat, bitte, lassen Sie mich in der Gruppe bei Konny."

Aber Karin schloß erst einmal für Konny die Tür auf.

Sie wirkte fremd. Blondbraun gestreiftes Haar, knallige Plastohrringe.

Wietha umarmte sie. „Wird höchste Zeit, daß old Konny antrabt."

„Mein Haar ist gewachsen, Konny", mischte sich Isso ein. „Wir dachten schon, du hast uns vergessen."

„Ich habe einen festen Freund und verdiene schwer", sagte Konny.

Herzel trommelte die Mädchen zusammen und ließ sie antreten.

„Komm mit in die Versammlung, und hinterher unterhalten wir uns in Ruhe", schlug Karin Hallamat vor.

„Ich serviere. Gar nicht mal übel. MITROPA."

„Du hast's geschafft", sagte Wietha, „aber ich."

Herzel zählte durch, bevor sie sagte: „Geht."

Der Kinosaal füllte sich Reihe um Reihe. Vorn die Jungengruppen, hinten die Mädchen, an den beiden Seiten saßen die Erzieher. Wietha entdeckte Konny zwischen Timme und Karin. Wietha stand neben Hugo Bachmann, Mariechen und Detlef Becker. Ein Fremder kam herein.

„Der Jugendstaatsanwalt", flüsterte Mariechen. Er hielt Wietha für eine neue Kollegin und fragte Hugo Bachmann nach ihrem Namen.

„Den mußt du extra begrüßen", sagte Mariechen und zog Wietha zum Fenster, „als Vertreter des gesellschaftlichen Beirates."

„Was ist denn das?"

„Hauptsache, du sprichst es richtig."

Mariechen holte ihren Kuli und schrieb es Wietha auf.

Detlef Becker schloß die Tür. Es wurde ruhig. Jetzt hatte Wietha ein paar Schritte zum Pult zu gehen, das mit einer FDJ-Fahne bespannt war. Die paar Schritte kamen Wietha wie ein langer Weg vor. Die ersten Worte. Ihre Stimme klang fremd aus dem Lautsprecher.

Der Vorhang öffnete sich. Die Jungen liefen in Sportbekleidung auf die Bühne. Rolle vorwärts, Handstand mit

Überschlag. Wietha wußte, die Übung endete mit einer Pyramide, dann traten zwei mit einer Fanfare auf und spielten den *Kleinen Trompeter.*

Die Gesichter um Wietha herum verschwammen. Der Beifall nahm zu und verrauschte. Du bist dran.

Und morgen fahre ich zu Oma, dachte sie und sagte: „Im Monat Dezember haben die Gruppen folgende Ergebnisse erreicht: Gruppe eins hundertzwei Prozent, Gruppe zwei siebenundneunzig Prozent, Gruppe drei . . .“

Wenn mich Oma sehen könnte, dachte Wietha. Mit der Hand strich sie sich das Haar aus der Stirn, bevor sie die Aufzählung fortsetzte. Dort unten saß Konny. Warum die sich so angemalt hatte?

Dann sprach Mariechen.

„Liebe Jugendfreunde“, sagte sie. In der Hand hielt sie die Prämien für den Berufswettbewerb. „Beste Gruppe . . .“ Wieder gab es Beifall. „Bester Lehrling!“

„Hurra!“

Mariechen mußte den Namen erst wiederholen, ehe Wietha begriff, sie war gemeint.

Hugo Bachmann sprach lange.

„Jeder macht mal eine Dummheit“, sagte er. „Jeder, der hier ist, hat mehrere Dummheiten hinter sich. Wir wollen uns nichts in die Tasche lügen, nicht wahr? Ihr alle wißt, wie schwer es ist, zu tun, was andere von einem erwarten. Wer sind diese anderen, und was erwarten sie von euch? Ich nenne zuerst eure Eltern.“ Er machte eine kleine Pause.

Wietha saß neben ihm an der Tafel und sah zu ihm auf. Eltern . . ., dachte Wietha. Vielleicht kann ich gar nichts dafür, wie alles gekommen ist. David soll auch in ein Heim. Hugo Bachmann sprach inzwischen von Vertrauen.

„Auch eure Erzieher“, sagte er, „vertrauen euch. Ihr durftet fast alle in diesem Jahr Weihnachten zu Hause feiern. Eine besondere Freude ist es für uns, wenn es Jugendfreunde gibt, die begriffen haben, worauf es im Leben ankommt. Der schönste Dank ist, wenn sie ihren Weg finden.

Jeder, der entlassen wird, nimmt unsere Hoffnung mit. In der heutigen Heimvollversammlung verabschieden wir eine Jugendfreundin, die Jugendliche Wietha Kosin, die mit der vorzeitigen Entlassung ausgezeichnet wird."

Wietha wurde verlegen, als Detlef Becker mit einem Blumenstrauß kam und Hugo Bachmann sie beim Glückwunsch in den Arm nahm. „Mach weiter so, Mädchen", sagte er. Während sie ans Mikro ging, wischte sie mit dem Handrücken die Tränen weg.

„Ich habe nichts Besonderes getan. Ich werde auch nichts Besonderes tun. Ihr kennt mich ja. Wenn ich entlassen bin, will ich lernen und arbeiten, und ich brauche jemanden, den ich mag. Ich habe Angst, daß ich ihn nicht finde. Dann weiß ich nicht, was ich tue. Hier habe ich gewußt, was ich tun muß, jedenfalls in der letzten Zeit. Draußen ist alles anders."

Niemand klatschte. Aber es war still. Später, auf dem Weg zur Gruppe zurück, drängte sich Jutta zu ihr durch. „Das hast du prima gemacht, Wietha."

„Ich hatte solche Angst."

Bald war Herzel neben Wietha, bald Konny.

„Im Kinosaal . . ., Wietha, ich hätte heulen können." Jutta und Karin setzten sich zu den Mädchen.

„Draußen ist wirklich alles anders. Ich bin allein. Ich könnte alles zerfetzen. Ein Tablett voll Geschirr habe ich fallen lassen. Absichtlich."

„Was du heute gesagt hast. Wer bringt so was fertig. Vorm ganzen Werkhof."

Am nächsten Morgen fuhr Karin Hallamat Konny und Wietha zum Bahnhof, nachdem sich Wietha von der Timme verabschiedet hatte. Karin hatte Wietha extra zur Timme rübergeschickt.

„Ein Geschenk, Wietha."

„Den schönen Beutel verschenken Sie?" Wietha strich mit den Fingerspitzen über das weiche Leder.

„Der paßt prima zu meinem neuen Schlamperkleid, Fräulein Timmendorf, dem von Peter, das Weihnachtspaket, Sie wissen doch."

„In den Beutel passen Hefter und Bücher."

„Ich habe auch etwas für Sie."

Wietha reichte Jutta eine Schallplatte. „Ganz einfach. Wassermusik. Da habe ich gedacht, vielleicht ist unser Konrad drin." Karin hupte.

„Du rufst an und schreibst und kommst?"

Jutta trödelte dem Auto nach. Am Pförtner traf sie Mariechen, die sagte: „So ein Mädchen wie Wietha, das habt ihr gut gemacht."

„Sie ist weg."

Jutta überquerte den Appellplatz, ging an der Turnhalle vorüber, benutzte den Parkweg. Die Gruppe war zur Schicht. Das Haus wirkte verlassen.

Das vertraute Knarren der Dielen. Sie schloß alle Türen auf. In der Kammer setzte sie sich an den Schreibtisch. Die Kleiderkarte, von Wietha unterschrieben, auf dem Gruppenbuch. In dem Regal, in dem Wiethas Koffer gestanden hatte, lag nun die abgezogene Bettwäsche. Ein leeres Bett. Im ausgeräumten Nachtschrank fand Jutta eine alte Karte von Festus. Fohlen im Wind. Das Fenster war spaltbreit geöffnet. Als Jutta es ganz aufzog, fiel etwas herunter, was sie dazwischen geklemmt hatten. Es war Issos zerbrochene Haarbürste.

30.

Jutta stellte Wein auf den Tisch. So hatte sie sich das gewünscht. Wietha entlassen, man konnte erleichtert sein. Sie legte die Händelplatte auf und setzte sich zu Kristof.

„Das Haus kommt mir leer vor. Dabei fehlt nur eine."

„Ich merke das im Betrieb auch", sagte Kristof. „Sie hat auf alle Einfluß gehabt."

„Was sie jetzt wohl macht."

Er faßte Jutta ins Haar.

„Du wirst bald eine andere Wietha haben.“ Er überlegte, dann sagte er: „Die heißt Sibylle.“

Hoffentlich schreibt Wietha bald.

In der Gruppe gab es Ärger. Karin sollte sie endlich damit in Frieden lassen. Sie wußte selbst, daß Isso nur auf eine Gelegenheit wartete, um Herzel abzuschießen. Warum kam ihr Karin dauernd mit ihren Vermutungen. Dieser eine Busfahrer, Jutta erinnerte sich an ihn. Er fuhr die Umwege.

„Er läßt die Mädchen draußen in der Kälte rauchen. Im Bus bleibt er nur mit Rocky“, sagte Karin.

„Haben wir mit Wietha etwas falsch gemacht?“

Karin ließ Jutta stehen.

Nach zwei Wochen kam endlich der ersehnte Brief von Wietha.

Ihr Frolleinchen ist jetzt Kollegin Kosin. Die Kollegen sind einfach prima. Aber ich arbeite nicht in der Produktion, sondern in der Betriebsküche. Eine Küchenfrau habe ich schon besucht. Sie hat drei Söhne. Sie ist sehr nett. Ich war auch mal zur Disko. Aber ich bin pünktlich nach Hause gekommen. Oma sagt, so schön hat sie sich das mit mir nicht vorgestellt. Das hätte sie mir nicht zugetraut. Sie haben es auch nicht, stimmt's? Wissen Sie noch, als ich kam?

Ich weiß noch, begann Jutta ihren Brief, aber eine Antwort kam nicht.

Wieder schrieb sie: *Ich mache mir Sorgen. Welche Fächer fallen Dir schwer. Schreib endlich. Wir könnten hier eine wie Dich gebrauchen, mit Abschluß natürlich, Wietha! Lernen, arbeiten, auch lieben, dagegen hat niemand etwas, das weißt du doch. Melde Dich!*

Isso stand herausfordernd vor Jutta.

„Fräulein Timmendorf. Herzel knutscht während der Arbeitszeit.“

Jutta drehte Isso den Rücken zu. „Laß mich mit deinen Gemeinheiten zufrieden.“

„Es ist wahr.“

Jutta schwieg. „Wenn du was zu sagen hast, dann komm nicht klammheimlich."

„Sie fallen dann über mich her. Ich will Ihnen helfen."

„Du verrätst sie."

„Sie wollen Erzieherin sein?" Sie warf die Tür hinter sich zu.

„Ich mache das nicht länger mit, Frau Hallamat", hörte Jutta Isso vom Flur her auf Karin einreden. Das war für Karin die Gelegenheit, Isso nach dem Busfahrer zu fragen.

Zu Herzel sagte Isso: „Die Hallamat weiß alles. Du bist dran, du bist FDJ-Sekretär."

Noch eine bekam Angst. Und das freute Isso. Rocky, seit sie den Busfahrer hatte, ließ sie Isso abblitzen. Als Karin am Stadtrand auf einem verlassenen Parkplatz auf den Bus wartete, standen Rocky und Herzel an der Ausfallstraße in Richtung Hauptstadt und winkten den Autos.

Jutta wartete im Heim auf die Mädchen. Eins war klar: Zwei fehlten. „Ihr habt nicht aufgepaßt!"

„Auf den FDJ-Sekretär aufpassen." Isso griff sich an den Kopf.

Jutta mußte handeln. Da mußten Fahndungen aufgegeben werden. Sie befragte die Mädchen.

„Die Sachen der Entweicher müssen eingezogen werden", erinnerte Isso. Sie breitete eine Decke aus und warf alles, was Herzel gehörte, darauf.

Was Herzel alles in ihrem Fach aufbewahrte, dachte Jutta. Zwischen Slips Lohnstreifen, zwischen Pullis Brotreste. Wir haben uns zu sehr auf sie verlassen, dachte Jutta.

Ein Brief rutschte aus dem Stapel. Jutta wollte ihn schon zu dem anderen Kram auf ihr Bett werfen, da zögerte sie. Sie erkannte Wiethas Handschrift. Herzel hatte ihr nichts von einem Brief gesagt. Jutta drehte und wendete den Brief.

Es war kein Irrtum. Von Wietha an Ilona Herzog, bei Anneliese . . .

Jutta setzte sich an den Tisch, an dem sie oft neben Wietha gesessen hatte.

„Warum Wietha? Warum heimlich?"

„Dahinter steckt Axel, oder was denken Sie?" sagte Isso.

Jutta fuhr erschrocken zusammen.

„Ich habe ihm auch geschrieben, jawohl, ich. Ich habe ihm immer geschrieben."

„Hast du getrunken?"

„Mit Axel ist es unheimlich dufte."

„Du bist neidisch. Du bist immer neidisch gewesen."

„Wissen Sie, was Wietha für ein Aas ist?"

Jutta stand auf und schob das Mädchen zurück.

„Fassen Sie mich nicht an." Isso stand aufrecht.

Sibylle fragte: „Ist was los?" Sie sah von einem zum anderen und dann auf das Bett, auf dem Herzels Sachen lagen. „Das räum ich nachher auf, ich verspreche es, Fräulein Timmendorf."

Jutta sagte: „Bleib!"

Sibylle zuckte zusammen.

„Was weißt du von Wietha?"

„Ach, Fräulein Timmendorf, ich wollte schon lange mit Ihnen sprechen."

Jutta ließ Sibylle stehen.

„Mir ist zum Heulen", sagte Jutta am Abend zu Mariechen, die das Fenster im Falkzimmer weit öffnete. „Zwei Entweichungen. Aber das Allerschlimmste . . . Wietha. Sie geht unter."

„Die geht nicht unter, die geht ihren Weg."

„Ihre Oma ist der einzige Mensch, der ihr hilft", sagte Jutta.

Eine Woche später kam Post. Absender: Leuschner!

Ich bin verzweifelt, Fräulein. Wietha ist weg. Was hat sie bei dem Mann, was ich ihr nicht geben kann? Meine Rente ist nicht groß, aber ich habe Ersparnisse. Ich habe sie nicht eingesperrt, wie sie behauptet. Vom Betrieb habe ich sie abgeholt, das stimmt. Es war, weil mir ihre Freunde nicht gefallen haben. In der Nachbar-

schaft wohnt ein netter und kluger Junge. Ich habe ihn manchmal eingeladen, weil ich eine alte Frau bin und nicht wollte, daß sie nur mich jeden Tag um sich herum hat. Dann kam dieser Mann. Er bringt nur Unglück.

Axel, dachte Jutta.

Warum tut sie mir das an, Fräulein. Das Beste habe ich gewollt. Hoffentlich haben Sie mehr Glück im Leben. Sie haben meine Wietha gern. Das habe ich gleich gemerkt. Finden Sie sie, bevor ein Unglück geschieht.

„Sie wird sich was antun", sagte Jutta. „Wenn ich wüßte, wo ich suchen muß."

„Nein", sagte Hugo. „Du suchst sie nicht."

„Das lasse ich mir nicht verbieten."

„Du bleibst."

„Ich fahre!"

„Du bist zum Dienst eingeteilt. Bei euch ist der Teufel los."

„Ich nehme frei!"

„Du hast dich um die Mädchen, die hier sind, zu kümmern!"

„Bürokrat!"

„Ich weise an . . ."

„Darauf pfeife ich!"

Kristof wunderte sich, daß Jutta zu Hause war, als er von der Schicht kam.

„Ich habe mir frei genommen", sagte sie.

Er bemerkte ihr verheultes Gesicht.

„Hattest du Krach mit Vater?"

„Wietha . . ."

„. . . ist weggelaufen."

„Ich muß sie suchen."

„Wenn du willst."

Es klopfte ans Fenster. Es war Klaus Winkler, der fragte, warum Jutta nicht in ihrer Gruppe sei.

Kristof sagte: „Sie kommt gleich" und schickte ihn weg.

„Ich gehe nicht."
„Wenn du Dienst hast, wirst du gehen. Sei vernünftig!"
Trotzig sagte sie: „Ich will nicht vernünftig sein." Sie griff die Schlüssel und ging zu den Mädchen.
Mariechen kam. „Du sollst zu Hugo."
Jutta rannte los.
„Wietha wurde gefunden", sagte Hugo, „ihr ist nichts passiert. Sie geht arbeiten, macht irgendwo sauber und wohnt bei, warte mal, bei einem gewissen Peter. Der Anruf kam eben vom Referat Jugendhilfe."
Wer arbeitet, wer wohnt, der lebt, dachte Jutta, keine Fahndung, kein Zurückbringen in den Werkhof. Hauptsache, sie lebt. Nur das war wichtig.
„Mehr kann ein Bürokrat nicht tun", sagte Hugo.
Er öffnete die Tür zum Sekretariat. „Nimm den Neuzugang mit!"
Jutta sah die Neue an. Sie saß scheu in der Ecke. Ein großer Rucksack stand neben ihr.
„Kommen Sie. Mein Name ist Timmendorf. Ich bin Erzieherin."
Die Neue schwieg und sah zu den Fenstern hin.
Jutta sprach nicht von Kino und Ausgang und Taschengeld.
Was sind schon Gitter vor den Fenstern.